memórias do cárcere

GRACILIANO RAMOS

VOLUME 1

ubook ubk Publishing House

ubook UBK Publishing House

EDIÇÃO Vinícius Nascimento
REVISÃO Cristina Barcia
PROJETO GRÁFICO E CAPA UBK Publishing House
DIAGRAMAÇÃO Cristiano Marques

Dados Internacionais de Catalogação na Publicação (CIP)
(Câmara Brasileira do Livro, SP, Brasil)

Ramos, Graciliano, 1892-1953

Memórias do cárcere : viagens / Graciliano Ramos. -- 1. ed. -- Rio de Janeiro: Ubook Editora, 2024. -- (Memórias do cárcere ; 1)

ISBN 978-85-9556-908-9

1. Escritores brasileiros - Autobiografia 2. Memórias autobiográficas 3. Ramos, Graciliano, 1892-1953 I. Título. II. Série.

24-213150 | CDD-B869.8

Índices para catálogo sistemático:

1. Memórias autobiográficas : Literatura brasileira B869.8

Eliane de Freitas Leite - Bibliotecária - CRB 8/8415

Ubook Editora S.A

Av. das Américas, 500, Bloco 12, Sala 207,

Barra da Tijuca, Rio de Janeiro/RJ.

Cep.: 22.640-100

Tel.: (21) 3570-8150

Sumário

capítulo 1

RESOLVO-ME a contar, depois de muita hesitação, casos passados há dez anos — e, antes de começar, digo os motivos porque silenciei e porque me decido. Não conservo notas: algumas que tomei foram inutilizadas, e assim, com o decorrer do tempo, ia-me parecendo cada vez mais difícil, quase impossível, redigir esta narrativa. Além disso, julgando a matéria superior às minhas forças, esperei que outros mais aptos se ocupassem dela. Não vai aqui falsa modéstia, como adiante se verá. Também me afligiu a ideia de jogar no papel criaturas vivas, sem disfarces, com os nomes que têm no registro civil. Repugnava-me deformá-las, dar-lhes pseudônimo, fazer do livro uma espécie de romance; mas teria eu o direito de utilizá-las em história presumivelmente verdadeira? Que diriam elas se se vissem impressas, realizando atos esquecidos, repetindo palavras contestáveis e obliteradas?

Restar-me-ia alegar que o DIP, a polícia, enfim, os hábitos de um decênio de arrocho, me impediram o trabalho. Isto, porém, seria injustiça. Nunca tivemos censura prévia em obra de arte. Efetivamente se queimaram alguns livros, mas foram raríssimos esses autos-de-fé. Em geral a reação se limitou a suprimir ataques diretos, palavras de ordem, tiradas demagógicas, e disto, escasso prejuízo veio à produção literária.

Certos escritores se desculpam de não haverem forjado coisas excelentes por falta de liberdade — talvez ingênuo recurso de justificar inépcia ou preguiça. Liberdade completa ninguém desfruta: começamos oprimidos pela sintaxe e acabamos às voltas com a Delegacia de Ordem Política e Social, mas, nos estreitos limites a que nos coagem a gramática e a lei, ainda nos podemos mexer. Não será impossível acharmos nas livrarias libelos terríveis contra a república novíssima, às vezes com louvores dos sustentáculos dela, indulgentes ou cegos. Não caluniemos o nosso pequenino fascismo tupinambá: se o fizermos, perderemos qualquer vestígio de autoridade e, quando formos verazes, ninguém nos dará crédito. De fato, ele não nos impediu de escrever. Apenas nos suprimiu o desejo de entregar-nos a esse exercício.

Os homens do primado espiritual viviam bem, tratavam do corpo, mas nós, desgraçados materialistas, alojados em quarto de pensão, como ratos em tocas, a pão e laranja, como se diz na minha terra, quase nos reduzimos a simples espíritos. E como outros espíritos miúdos dependiam de nós, e era preciso calçá-los, vesti-los, alimentá-los, mandá-los ouvir cantigas e decorar feitos patrióticos, abandonamos as tarefas de longo prazo, caímos na labuta diária, contando linhas, fabricamos artigos, sapecamos traduções, consertamos engulhando produtos alheios. De alguma forma nos acanalhamos. *Porque foi que um dos meus livros saiu tão ruim, pior que os outros?* Pergunta o crítico honesto. E alinha explicações inaceitáveis. Nada disso: acho que é ruim porque está mal escrito. E está mal escrito porque não foi emendado, não se cortou pelo menos a terça parte dele.

Aqui findo o resumo dos empecilhos até hoje apresentados à narração que inicio. Terão eles desaparecido? Alguns se atenuaram, outros se modificaram, determinam o que impediam, converteram-se em razões contrárias. Estarei próximo dos homens gordos do primado espiritual? Poderei refestelar-me? Não, felizmente. Se me achasse assim, iria roncar, pensar na eternidade. Quem dormiu no chão deve lembrar-se disto, impor-se disciplina, sentar-se em cadeiras duras, escrever em tábuas estreitas. Escreverá talvez asperezas, mas é delas que a vida é feita: inútil negá-las, contorná-las, envolvê-las em gaze. Contudo é indispensável um mínimo de tranquilidade, é necessário afastar as miseriazinhas que nos envenenam. Fisicamente estamos em repouso. Engano. O pensamento foge da folha meio rabiscada. Que desgraças inomináveis e vergonhosas nos chegarão amanhã? Terei desviado esses espectros? Ignoro. Sei é que, se obtenho sossego bastante para trabalhar um mês, provavelmente conseguirei meio de trabalhar outro mês. Estamos livres das colaborações de jornais e das encomendas odiosas? Bem. Ademais, já podemos enxergar luz a distância, emergimos lentamente daquele mundo horrível de treva e morte. Na verdade, estávamos mortos, vamos ressuscitando.

O receio de cometer indiscrição exibindo em público pessoas que tiveram comigo convivência forçada já não me apoquenta. Muitos desses antigos companheiros distanciaram-se, apagaram-se. Outros permaneceram junto a mim, ou vão reaparecendo ao cabo de longa ausência, alteram-se, completam-se, avivam recordações meio confusas — e não vejo inconveniência em mostrá-los. Alguns reclamam a tarefa: consideram-na dever, oferecem-me dados, relembram figuras desaparecidas, espicaçam-me por todos os meios. Acho que estão certos: a exigência se fixa, domina-me. Há entre eles homens de várias classes, das profissões mais diversas, muito altas e muito baixas, apertados nelas como em estojos. Procurei observá-los onde se acham, nessas bainhas em que a sociedade os prendeu. A limitação impediu embaraços e atritos, levou-me a compreendê-los, senti-los, estimá-los, não arriscar julgamentos precipitados. E quando isto não foi possível, às vezes me acusei. Ser-me-ia desagradável ofender alguém com esta exumação. Não ofenderei, suponho. E, refletindo, digo a mim mesmo que, se isto acontecer, não experimentarei o desagrado. Estou a descer para a cova, este novelo de casos em muitos pontos vai emaranhar-se, escrevo com lentidão — e provavelmente isto será publicação póstuma, como convém a um livro de memórias. Realmente há entre os meus companheiros sujeitos de mérito, capazes de fazer sobre os sucessos a que vou referir-me obras valiosas. Mas são especialistas, eruditos, inteligências confinadas à escrupulosa análise do pormenor, olhos afeitos a investigações em profundidade. Há também narradores, e um já nos deu há tempo excelente reportagem, dessas em que é preciso dizer tudo com rapidez. Em relação a eles, acho-me por acaso em situação vantajosa. Tenho exercido vários ofícios, esqueci todos, e assim posso mover-me sem nenhum constrangimento. Não me agarram métodos, nada me força a exames vagarosos. Por outro lado, não me obrigo a reduzir um panorama, sujeitá-lo a dimensões regulares, atender ao paginador e ao horário do passageiro do bonde. Posso andar para a direita e para a esquerda como um vagabundo, deter-me em longas paradas, saltar passagens desprovidas de interesse, passear, correr, voltar a lugares conhecidos. Omitirei acontecimentos essenciais ou mencioná-los-ei de relance, como se os enxergasse pelos vidros pequenos de um binóculo; ampliarei insignificâncias, repeti-las-ei até cansar, se isto me parecer conveniente.

E aqui chego à última objeção que me impus. Não resguardei os apontamentos obtidos em largos dias e meses de observação: num momento de aperto fui obrigado a atirá-los na água. Certamente me irão fazer falta, mas terá sido uma perda irreparável? Quase me inclino a supor que foi bom privar-me desse material. Se ele existisse, ver-me-ia propenso a consultá-lo a cada instante, mortificar-me-ia por dizer com rigor a hora exata de uma partida, quantas demoradas tristezas se aqueciam ao sol pálido, em manhã de bruma, a cor das folhas que tombavam das árvores, num pátio branco, a forma dos montes verdes, tintos de luz, frases autênticas, gestos, gritos, gemidos. Mas que significa isso? Essas coisas verdadeiras podem não ser verossímeis. E se esmoreceram, deixá-las no esquecimento: valiam pouco — pelo menos imagino que valiam pouco. Outras, porém, conservaram-se, cresceram, associaram-se, e é inevitável mencioná-las. Afirmarei que sejam absolutamente exatas? Leviandade. Em conversa ouvida na rua, a ausência de algumas sílabas me levou a conclusão falsa — e involuntariamente criei um boato. Estarei mentindo? Julgo que não. Enquanto não se reconstituírem as sílabas perdidas, o meu boato, se não for absurdo, permanece e é possível que esses sons tenham sido eliminados por brigarem com o resto do discurso. Quem sabe se eles aí não se encaixaram com intuito de logro? Nesse caso havia conveniência em suprimi-los, distinguir além deles uma verdade superior a outra verdade convencional e aparente, uma verdade expressa de relance nas fisionomias. Um sentido recusou a percepção de outro, substituiu-a. Onde estará o erro? Nesta reconstituição de fatos velhos, neste esmiuçamento, exponho o que notei, o que julgo ter notado. Outros devem possuir lembranças diversas. Não as contesto, mas espero que não recusem as minhas: conjugam-se, completam-se e me dão hoje impressão de realidade.

Formamos um grupo muito complexo, que se desagregou. De repente nos surge a necessidade urgente de recompô-lo. Define-se o ambiente, as figuras se delineiam, vacilantes, ganham relevo, a ação começa. Com esforço desesperado arrancamos de cenas confusas alguns fragmentos. Dúvidas terríveis nos assaltam. De que modo reagiram os caracteres em determinadas circunstâncias? O ato que nos ocorre, nítido, irrecusável, terá sido realmente praticado? Não será incongruência? Certo, a vida é cheia de incongruências, mas estaremos seguros de não nos havermos enganado? Nessas vacilações dolorosas, às vezes necessitamos confirmação, apelamos para reminiscências alheias, convencemo-nos de que a minúcia discrepante não é ilusão. Difícil é sabermos a causa dela, desenterrarmos pacientemente as condições que a determinaram. Como isso variava em excesso, era natural que variássemos também, apresentássemos falhas. Fiz o possível por entender aqueles homens, penetrar-lhes na alma, sentir as suas dores, admirar-lhes a relativa grandeza, enxergar nos seus defeitos a sombra dos meus defeitos. Foram apenas bons propósitos: devo ter-me revelado com frequência egoísta e mesquinho. E esse desabrochar de sentimentos maus era a pior tortura que nos podiam infligir naquele ano terrível.

Desgosta-me usar a primeira pessoa. Se se tratasse de ficção, bem: fala um sujeito mais ou menos imaginário; fora daí é desagradável adotar o pronomezinho irritante, embora se façam malabarismos por evitá-lo. Desculpo-me alegando que ele me facilita a narração. Além disso, não desejo ultrapassar o meu tamanho ordinário. Esgueirar-me-ei para os cantos obscuros, fugirei às discussões, esconder-me-ei prudente por detrás dos que merecem patentear-se.

capítulo 2

NO COMEÇO de 1936, funcionário na Instrução Pública de Alagoas, tive a notícia de que misteriosos telefonemas, com veladas ameaças, me procuravam o endereço. Desprezei as ameaças: ordinariamente o indivíduo que tenciona ofender outro não o avisa. Mas os telefonemas continuaram. Mandei responder que me achava na repartição diariamente, das nove horas ao meio-dia, das duas às cinco da tarde. Não era o que pretendiam. Nada de requerimentos: queriam visitar-me em casa. Pedi que não me transmitissem mais essas tolices, com certeza picuinhas de algum inimigo débil, e as esquecia: nem um minuto supus que tivessem cunho oficial. Algum tempo depois um amigo me procurou com a delicada tarefa de anunciar-me, gastando elogios e panos mornos, que a minha permanência na administração se tornara impossível. Não me surpreendi. Pelo meu cargo haviam passado em dois anos oito sujeitos. Eu conseguira aguentar-me ali mais de três anos, e isto era espantoso. Ocasionara descontentamentos, decerto cometera numerosos erros, não tivera a habilidade necessária de prestar serviços a figurões, havia suprimido nas escolas o Hino de Alagoas, uma estupidez com solecismos, e isto se considerava impatriótico. O aviso que me traziam era, pois, razoável, e até devia confessar-me grato por me haverem conservado tanto tempo.

Lembro-me perfeitamente da cena. O gabinete pequeno se transformara numa espécie de loja: montes de fazenda e cadernos, que oferecíamos às crianças pobres. Findo o expediente, sucedia retardar-me ali, a escrever, esquecia-me do tempo, e às vezes, meia-noite, o guarda vinha dizer-me que iam fechar o portão do Palácio. Parte do meu último livro fora composto no bureau largo, diante de petições, de números do *Literatura Internacional*. Naquela noite, acanhado, olhando pelas janelas os canteiros do jardim, as árvores da Praça dos Martírios, Rubem me explicava que Osman Loureiro, o governador, se achava em dificuldade: não queria demitir-me sem motivo, era necessário o meu afastamento voluntário. Ora, motivo há sempre, motivo se arranja. Evidentemente era aquilo início de uma perseguição que Osman não podia evitar: constrangido por forças consideráveis, vergava; se quisesse resistir, naufragaria. Não presumi que nele houvesse perfídia. Sempre se revelara razoável, nunca entre nós houvera choque. Provavelmente se perturbava como eu. Conversei com Rubem, sem melindres, revolvendo as gavetas, procurando papéis meus. Os integralistas serravam de cima, era o diabo. Demissão ninguém me forçaria a pedir. Havia feito isso várias vezes, inutilmente; agora não iria acusar-me. Dessem-na de qualquer jeito, por conveniência de serviço.

Despedi-me de Rubem Loureiro e deixei sobre o bureau os volumes do *Literatura Internacional*. Essa matéria, na safadeza e na burrice dominantes naquela época, render-me-ia talvez um processo. Iriam dr. Sidrônio e Luccarini, meus companheiros de trabalho, passar vexames por minha causa? Não. Dr. Sidrônio era católico, não escrevia, como eu, livros perigosos nem se gastava em palestras inconvenientes nos cafés. Provavelmente me substituiria. Luccarini tinha sido meu inimigo. Apanhado certa vez em falta e censurado, replicara-me:

— Eu também já mandei. Mas quando queria dizer isso que o senhor está dizendo, chamava o sujeito particularmente.

— Ora essa! O senhor chega tarde, larga a banca e vive passeando pelas seções alheias em público.

Luccarini voltara ao seu lugar e durante três meses fora de uma pontualidade irritante. Era o primeiro a chegar, o último a sair, não se levantava nem para ir ao mictório. Também não fazia nada, inércia completa. Na rua, se me via, fechava a cara, enrugava-se com dignidade excessiva. Isso não tinha importância, mas o procedimento na repartição irritava-me.

— Como vai Luccarini? — perguntava Osman.

— Pessimamente. É um preguiçoso.

Osman contradizia-me e gabava aquela inutilidade. Não me conformava. E dera graças a Deus quando Luccarini se ausentara, passara seis meses no Recife, curando uma sinusite, com todos os vencimentos. Ao voltar, agradecera-me um obséquio não feito, apresentara-me um relatório não encomendado, insinuara-me a compra de um fichário e o abandono daqueles horríveis calhamaços onde o registro das professoras se fragmentava e confundia. Agora trabalhava demais, em poucos meses corrigira aquela balbúrdia.

Saí do Palácio, atordoado. Eximia-me de obrigações cacetes, mas isso continuava a aperrear-me, juntava-se a amolações domésticas e a planos vagos. Sentia desgosto e vergonha, desejava ausentar-me para muito longe, não pensar em despachos e informações. Andei pelas ruas, tomei o bonde. Transeuntes e passageiros pareciam conhecer o desagradável sucesso, ler-me no rosto a inquietação. Evitava considerar-me vítima de uma injustiça: deviam ter razão para repelir-me. Seria bom que ela se publicasse no jornal, isto desviaria comentários maliciosos. Esforçava-me por julgar aquilo uma insignificância. Já me havia achado em situação pior, sem emprego, numa cama de hospital, a barriga aberta, filhos pequenos, o futuro bem carregado. Tinha agora uns projetos literários, indecisos. Certamente não se realizariam, mas anulavam desavenças conjugais intempestivas, que se vinham amiudando e intensificando sem causa. A lembrança dessas querelas, somada aos telefonemas e à demissão, azedou-me a viagem a Pajuçara. Indispensável refugiar-me no romance concluído, imaginá-lo na livraria, despertando algum interesse, possibilitando ainda uma vez mudança de profissão. A última, encerrada meia hora antes, tinha sido um horror: o regulamento, o horário, o despacho, o decreto, a portaria, a iniquidade, o pistolão, sobretudo a certeza de sermos uns desgraçados trambolhos, de quase nada podermos fazer na sensaboria da rotina. Se não me houvessem despedido assim de chofre, com um recado, humilhantemente, poderia até julgar aquilo um benefício.

O essencial era retirar-me de Alagoas e nunca mais voltar, esquecer tudo, coisas, fatos e pessoas. Alagoas não me fizera mal nenhum, mas, responsabilizando-a pelos meus desastres, devo ter-me involuntariamente considerado autor de qualquer obra de vulto, não reconhecida. Moderei a explosão de vaidade besta: impossível contrapor-me a homens e terra, a todos os homens e a toda a terra, vinte e oito mil quilômetros quadrados e um milhão de habitantes. Essa horrível presunção de selvagem tinha um mérito: vedava-me identificar inimigos, dirigir ódio a alguém. O ódio se dispersava, diluía-se, era uma indeterminada repugnância morna, alcançava os edifícios, o morro do Farol, o Aterro, a praia, coqueiros e navios repisados no último romance, inédito, feito aos arrancos, com largos intervalos. Certas passagens desse livro não me descontentavam, mas era preciso refazê-lo, suprimir repetições inúteis, eliminar pelo menos um terço dele. Necessário meter-me no interior, passar meses trancado, riscando linhas, condensando observações espalhadas. Não, porém, no interior de Alagoas: indispensável fugir a indivíduos que me conhecessem. Era pouco não tornar a pôr os pés no Palácio dos Martírios: queria evitar indiscretos que me houvessem visto manuseando os horríveis papéis sujos.

Não me lembrava das pessoas. Osman, dr. Sidrônio e Luccarini eram sujeitos decentes. Mas a engrenagem onde havíamos entrado nos sujava. Tudo uma porcaria. Tolice reconhecer que a professora rural, doente e mulata, merecia ser trazida para a cidade e dirigir um grupo escolar: fazendo isso, dávamos um salto perigoso, descontentávamos incapacidades abundantes. Essas incapacidades deviam aproveitar-se de qualquer modo, cantando hinos idiotas, emburrando as crianças. O emburramento era necessário. Sem ele, como se poderiam aguentar políticos safados e generais analfabetos? Necessário reconhecer que a professora mulata não havia sido transferida e elevada por mim: fora transferida por uma ideia, pela ideia de aproveitar elementos dignos, mais ou menos capazes. Isso desaparecia. E os indivíduos que haviam concorrido para isso desapareciam também. Excelente que Osman, em cima, e Luccarini, embaixo, continuassem.

Não continuariam muito tempo. Ficava a estupidez: "Ouviram do Ipiranga as margens plácidas..." Para que meter semelhante burrice na cabeça das crianças, Deus do céu? Realmente eu havia sido ali uma excrescência, uma excrescência agora amputada, a rodar no bonde, a olhar navios e coqueiros. De certo modo as ameaças dos telefonemas me agradavam: embora indeterminadas, indicavam mudanças, forçar-me-iam a azeitar as articulações perras. Conservara-

-me regulamentar e besta mais de três anos, numa cadeira giratória, manejando carimbos, assinando empenhos, mecânico, a deferir e indeferir de acordo com as informações de seu Benedito, realmente obedecendo a seu Benedito. Que diabo me fariam? Imaginei um desacato, tiros ou facadas, em hora de movimento, no relógio oficial. Osman me perguntara certa vez:

— Você anda desarmado? Em que é que você confia, criatura?

Depois disso, José Auto me emprestara um revólver, mas o revólver tinha apenas três balas e de ordinário ficava nas gavetas, era difícil encontrá-lo. Fora um alívio a restituição. Ia fazer-me falta quando me agredissem. Foi o que imaginei: uma agressão pública, muitos integralistas atacando-me, furando-me, partindo-me as costelas, os braços e a cabeça. Recolhi-me.

Na casinha de Pajuçara fiquei até a madrugada consertando as últimas páginas do romance. Os consertos não me satisfaziam: indispensável recopiar tudo, suprimir as repetições excessivas. Alguns capítulos não me pareciam muito ruins, e isto fazia que os defeitos medonhos avultassem. O meu Luís da Silva era um falastrão, vivia a badalar à toa reminiscências da infância, vendo cordas em toda a parte. Aquele assassinato, realizado em vinte e sete dias de esforço, com razoável gasto de café e aguardente, dava-me impressão de falsidade. Realmente eu era um assassino bem chinfrim. O delírio final se atamancara numa noite, e fervilhava de redundâncias.

Enfim, não era impossível canalizar esses derramamentos. O diabo era que no livro abundavam desconexões, talvez irremediáveis. Necessário ainda suar muito para minorar as falhas evidentes. Mas onde achar sossego? Minha mulher vivia a atenazar-me com uma ciumeira incrível, absolutamente desarrazoada. Eu devia enganá-la e vingar-me, se tivesse jeito para essas coisas. Agora, com a demissão, as contendas iriam acirrar-se, enfurecer-me, cegar-me, inutilizar-me dias inteiros, deixar-me apático e vazio, aborrecendo o manuscrito. Largara-o duas vezes, estivera um ano sem vê-lo, machucara folhas e rasgara folhas. As interrupções e as discórdias sucessivas deviam ser causa daqueles altos e baixos, daquelas impropriedades. Conveniente isolar-me, a ideia da viagem continuava a perseguir-me. De que modo realizá-la? Havia uma penca de filhos, alguns bem miúdos. E restava-me na carteira um conto e duzentos. Apenas.

capítulo 3

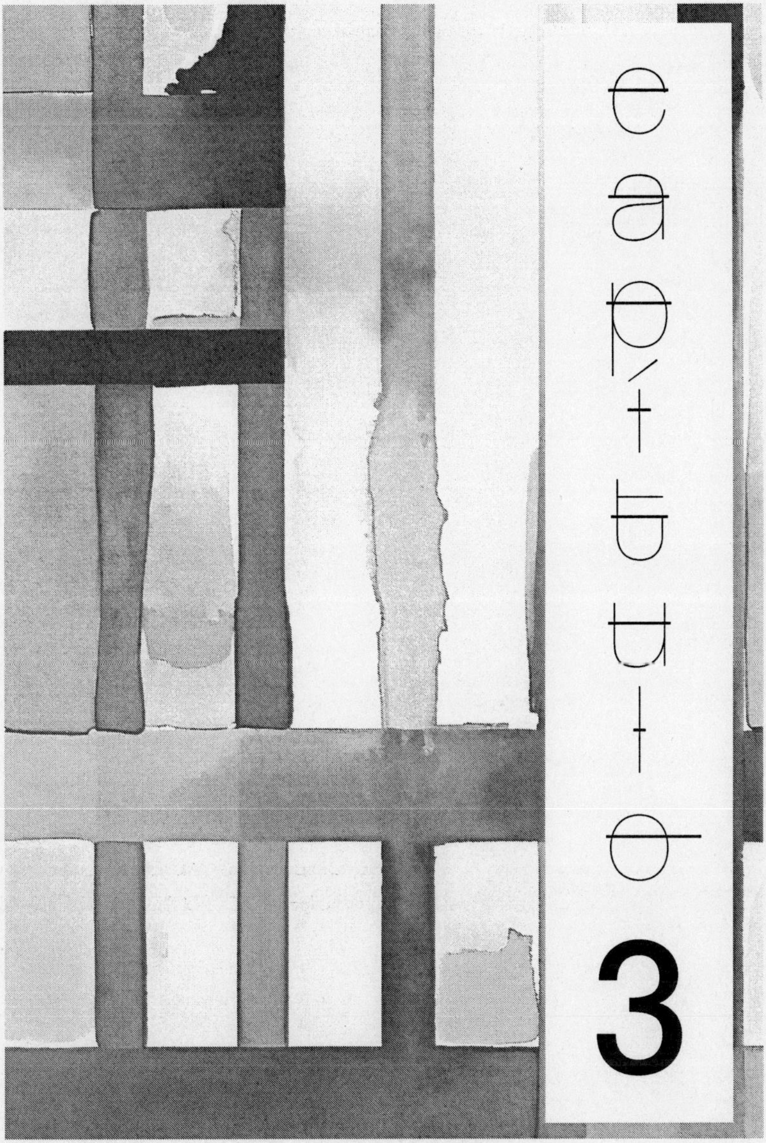

NO DIA seguinte, 3 de março, entreguei pela manhã os originais a Dona Jeni, datilógrafa. Ao meio-dia uma parenta me visitou – e este caso insignificante exerceu grande influência na minha vida, talvez haja desviado o curso dela. Essa pessoa indiscreta deu-me conselhos e aludiu a crimes vários praticados por mim. Agradeci e pedi-lhe que me denunciasse, caso ainda não o tivesse feito. A criatura respondeu-me com quatro pedras na mão e retirou-se. Minha mulher deu razão a ela e conseguiu arrastar-me a um dos acessos de desespero que ultimamente se amiudavam. Como era possível trabalhar em semelhante inferno? Nesse ponto surgiu Luccarini. Entrou sem pedir licença, atarantado, cochichou rapidamente que iam prender-me e era urgente afastar-me de casa; recebeu um abraço e saiu.

Ótimo. Num instante decidi-me. Não me arredaria, esperaria tranquilo que me viessem buscar. Se quisesse andar alguns metros, chegaria à praia, esconder-me-ia por detrás de uma duna, lá ficaria em segurança. Se me resolvesse a tomar o bonde, iria até o fim da linha, saltaria em Bebedouro, passaria o resto do dia a percorrer aqueles lugares que examinei para escrever o antepenúltimo capítulo do romance. Não valia a pena. Expliquei em voz alta que não valia a pena. Entrei na sala de jantar, abri uma garrafa de aguardente, sentei-me à mesa, bebi alguns cálices, a monologar, a dar vazão à raiva que me assaltara. Propriamente não era monólogo: minha mulher replicava com estridência. Escapava-me a significação da réplica, mas a voz aguda me endoidecia, furava-me os ouvidos. Não conheço pior tortura que ouvir gritos. Devia existir uma razão econômica para esse desconchavo: as minhas finanças equilibravam-se com dificuldade, evitávamos reuniões, festas, passeios. De fato, as privações não me inquietavam. Minha mulher, porém, sentia-se lesada, o que me fazia perder os estribos. De repente um ciúme insensato. A incongruência me arrancava a palavra dura:

— Que estupidez!

Naquele momento a ideia da prisão dava-me quase prazer: via ali um princípio de liberdade. Eximira-me do parecer, do ofício, da estampilha, dos horríveis cumprimentos ao deputado e ao senador; iria escapar a outras maçadas, gotas espessas, amargas, corrosivas. Na verdade, suponho que me revelei covarde e egoísta: várias crianças exigiam sustento, a minha obrigação era permanecer junto a elas, arranjar-lhes por qualquer meio o indispensável. Desculpava-me afirmando que isto se havia tornado impossível. Que diabo ia fazer, perseguido, a rolar de um canto para outro, em sustos, mudando o nome, a barba longa, a reduzir-me, a endividar-me?

Se a vida comum era ruim, essa que Luccarini me oferecera num sussurro, a tremura e a humilhação constante, dava engulhos. Além disso eu estava curioso de saber a arguição que armariam contra mim. Bebendo aguardente, imaginava a cara de um juiz, entretinha-me em longo diálogo, e saía-me, perfeitamente, como sucede em todas as conversas interiores que arquiteto. Uma compensação: nas exteriores sempre me dou mal. Com franqueza, desejei que na acusação houvesse algum fundamento. E não vejam nisto bazófia ou mentiras: na situação em que me achava justifica-se a insensatez. A cadeia era o único lugar que me proporcionaria o mínimo de tranquilidade necessária para corrigir o livro. O meu protagonista se enleara nesta obsessão: escrever um romance além das grades úmidas e pretas. Convenci-me de que isto seria fácil: enquanto os homens de roupa zebrada compusessem botões de punho e caixinhas de tartaruga, eu ficaria largas horas em silêncio, a consultar dicionários, riscando linhas, metendo entrelinhas nos papéis datilografados por dona Jeni. Deixar-me-iam ficar até concluir a tarefa? Afinal a minha pretensão não era tão absurda como parece. Indivíduos tímidos, preguiçosos, inquietos, de vontade fraca habituam-se ao cárcere. Eu, que não gosto de andar, nunca vejo a paisagem, passo horas fabricando miudezas, embrenhando-me em caraminholas, porque não haveria de acostumar-me também? Não seria mau que achassem nos meus atos, algum involuntário, digno de pena. É desagradável representarmos o papel de vítima.

— Coitado!

É degradante. Ademais estaria eu certo de não haver cometido falta grave? Efetivamente não tinha lembrança, mas ambicionara com fúria ver a desgraça do capitalismo, pregara-lhe alfinetes, únicas armas disponíveis, via com satisfação os muros pichados, aceitava as opiniões de Jacob. Isso constituiria um libelo mesquinho, que testemunhas falsas ampliariam. Tinha o direito de insurgir-me contra os depoimentos venenosos? De forma nenhuma. Não há nada mais precário que a justiça. E se quisessem transformar em obras os meus pensamentos, descobririam com facilidade matéria para condenação. Não me repugnava a ideia de fuzilar um proprietário por ser proprietário. Era razoável que a propriedade me castigasse as intenções.

Fui ao banheiro, tomei um longo banho. Tolice vivermos a apurar responsabilidades. Muitas coisas nos acontecem por acaso, e às vezes nos chegam vantagens por acaso. Julgava é que não me deteriam nem uma semana. Dois ou três dias depois me mandariam embora, dando-me explicações. Um engano. Findo o banho, preparei-me para sair. Em seguida meti alguma roupa branca na valise, mandei comprar muito cigarro e fósforo.

D. Irene, diretora de um grupo escolar vizinho, apareceu à tarde. Envergonhei-me de tocar na demissão, e falamos sobre assuntos diversos. Aí, me chegaram dois telegramas. Um encerrava insultos; no outro, certo candidato prejudicado felicitava a instrução alagoana pelo meu afastamento. Rasguei os papéis, disposto a esquecê-los. Sumiram-se na verdade os nomes dos signatários e as expressões injuriosas, ter-se-ia talvez a pequena infâmia esvaído inteiramente se não contrastasse com a presença de dona Irene ali na sala. O que me interessava no momento era o esforço despendido por ela em três anos. Talvez, isso houvesse concorrido para embranquecer-lhe os cabelos, dar-lhe aquela gravidade atenta. Não sorria nunca. E sob o penteado grisalho o rosto moço tinha uma beleza fria. No estabelecimento dela espalhavam--se a princípio duzentos e poucos meninos, das famílias mais arrumadas de Pajuçara. Numa campanha de quinze dias, por becos, ruelas, cabanas de pescadores, dona Irene enchera a escola. Aumentado o material, divididas as aulas em dois turnos, mais de oitocentas crianças haviam superlotado o prédio, exibindo farrapos, arrastando tamancos. Ao vê-las, um interventor dissera indignado:

— Convidam-me para assistir a uma exposição de misérias.

E alguém respondera.

– É o que podemos expor!

Calçados e vestidos pela caixa escolar, os garotos se haviam apresentado com decência. Lembrava-me da lufa-lufa necessária para modificá-los, ria-me pensando em Flora Ferraz sentada no chão, às oito horas da noite, a experimentar sapatos em negrinhos. Avizinhando-me dela, repelira-me com raiva:

– O senhor tem coragem de me dar a mão? Estou suja. Desde a manhã aqui pegando os pés destes moleques!

Quatro dessas criaturinhas arrebanhadas nesse tempo, beiçudas e retintas, haviam obtido as melhores notas nos últimos exames.

– Que nos dirão os racistas, dona Irene?

Na fronte calma de dona Irene esboçava-se uma ligeira ruga, e eu admirava-lhe a dignidade simples, a decisão rigorosa de abelha-mestra. Apesar de sentir prazer em ouvi-la, desejava que ela se retirasse: inquietava-me saber que a qualquer momento viriam buscar-me, e isto a perturbaria. Depois a notícia daquela visita com certeza lhe ocasionaria prejuízos. Levantava-me, procurava um meio de afastá-la, os ouvidos abertos aos rumores da rua. Afinal, cerca de sete horas, um automóvel deslizou na areia, deteve-se à porta – e um oficial do exército, espigado, escuro, cafuz ou mulato, entrou na sala.

– Que demora, tenente! Desde o meio-dia estou à sua espera.

– Não é possível – objetou o rapaz, empertigando-se.

– Como não? Está aqui a valise pronta, não falta nada.

O sujeitinho deu um passo à retaguarda, fez meia-volta, aprumou-se, encarou-me. Tinha-lhe observado esse curioso sestro um mês antes, na repartição, onde me surgira pleiteando a aprovação de uma sobrinha reprovada. Eu lhe mostrara um ofício em que a diretora do Grupo Escolar de Penedo contava direito aquele negócio: a absurda pretensão de se nomear para uma aluna banca especial fora de tempo.

— Impossível, tenente. Isso é antirregulamentar. Ademais, se a garota não conseguiu aprender num ano, certamente não foi recuperar em dias o tempo perdido. Sua sobrinha não é nenhum gênio, suponho.

O tenente recuara, rodara sobre os calcanhares, perfilara-se em atitude perfeitamente militar e replicara com absoluta impudência:

— É o que ela é. Um gênio. Posso afirmar-lhe que é gênio.

E voltara a repetir o mesmo pedido, usando as mesmas palavras. Depois de meia hora de marchas e contramarchas cansativas, fizera a saudação, a última reviravolta, abrira a portinhola e deixara o gabinete em passos rítmicos. No dia seguinte regressara com uma carta de recomendação, repisara a exigência, lera impenetrável o regulamento e o ofício, ouvira a recusa fatal — e, no fim do resumo do caso enfadonho, o recuo, o movimento circular, o aprumo, a solicitação invariável, o obtuso louvor da sobrinha:

— Um gênio, eu garanto. Admita que ela seja realmente um gênio.

Gastara-me a paciência e irritara-me. Agora, finda a pirueta, olhando a valise, prova de que não haviam sabido guardar segredo, encolheu os ombros, sorriu, excessivamente gentil:

— Vai apenas essa maleta? Aqui entre nós posso dizer: acho bom levar mais roupa. É um conselho.

— Obrigado, tenente.

Comecei a perceber que as minhas prerrogativas bestas de pequeno-burguês iam cessar, ou tinham cessado. Retirei da mesa três livros chegados na véspera, pelo correio. Despedi-me. Dona Irene se espantava, talvez sem compreender bem a significação exata daquilo. Meus filhos mais velhos, agitados e pálidos, fingiam calma. Beijei as crianças, sossegadas. Procurei na cara de minha mulher sinal de medo. Em vão: nem dessa vez, nem de outras, lhe percebi nenhum receio. Nos momentos mais difíceis sempre a vi corajosa, e isto a diferençava dos parentes, em geral pusilânimes. Depois do conflito da manhã serenara, assistira calada aos preparativos, sem acreditar talvez na realização da ameaça. Diante da cabriola e do sorriso do mulato, pareceu despertar, mas não revelou susto. Uma pergunta me verrumava o espírito: por que vinha prender-me o sujeito que um mês antes me fora amolar com insistências desarrazoadas?

— Quando quiser, tenente.

Saímos da sala e entramos no automóvel, um grande carro oficial.

capítulo 4

RODAMOS em silêncio, atravessamos o bairro de Jaraguá e a cidade. Não me lembro de haver dito uma palavra ao tenente. Ignorava o destino que me reservavam, mas isto não me despertava nenhuma curiosidade. Fastio, quase indiferença, a vaga compreensão de ter caído numa ratoeira suja, a suspeita de mesquinharia e ridículo no incidente medíocre. Por que estava ali junto de mim aquele sujeito? Balançando nas molas doces, impossibilitado de bater os calcanhares, retesar a espinha, fazer a meia-volta e a continência, anulava-se. A pergunta mental surgida em casa continuava a espicaçar-me. Decerto ele não havia determinado a minha prisão, mas era curioso encarregar-se de efetuá-la. Sem me incomodar com essa pequena vingança, pensei noutras, vi o país influenciado pelos tenentes que executam piruetas, pelas sobrinhas dos tenentes que executam piruetas. Desejariam os poderes públicos que eu mandasse aprovar com dolo a sobrinha do tenente, em Penedo? Não me exigiriam expressamente a safadeza, mas deviam existir numerosos tenentes e numerosas sobrinhas, e a conjugação dessas miuçalhas mandava para as grades um pai de família, meio funcionário, meio literato.

Chegamos ao quartel do 20° Batalhão. Estivera ali em 1930, envolvera-me estupidamente numa conspiração besta com um coronel, um major e um comandante de polícia, e vinte e quatro horas depois achava-me preso e só. Dezesseis cretinos de um piquete de Agildo Barata haviam fingido querer fuzilar-me. Um dos soldadinhos que me acompanhavam chorava como um desgraçado. Parecera-me então que a demagogia tenentista, aquele palavrório chocho, nos meteria no atoleiro. Ali estava o resultado: ladroagens, uma onda de burrice a inundar tudo, confusão, mal-entendidos, charlatanismo, energúmenos microcéfalos vestidos de verde a esgoelar-se em discursos imbecis, a semear delações.

O levante do 3° Regimento e a revolução de Natal haviam desencadeado uma perseguição feroz. Tudo se desarticulava, sombrio pessimismo anuviava as almas, tínhamos a impressão de viver numa bárbara colônia alemã. Pior: numa colônia italiana. Mussolini era um grande homem, e escritores nacionais celebravam nas folhas as virtudes do óleo de rícino. A literatura fugia da terra, andava num ambiente de sonho e loucura, convencional; copiava figurinos estranhos, exibia mamulengos que os leitores recebiam com bocejos e indivíduos sagazes elogiavam demais. O romance abandonava o palavrão, adquiria boas maneiras, tentava comover as datilógrafas e as mocinhas das casas de quatro mil e quatrocentos.

Uma beatice exagerada queimava incenso defumando letras e artes corrompidas, e a crítica policial farejava quadros e poemas, entrava nas escolas, denunciava extremismos. Um professor era chamado à delegacia:

— Esse negócio de africanismo é conversa. O senhor quer inimizar os pretos com a autoridade constituída!

O Congresso apavorava-se, largava bambo as leis de arrocho – e vivíamos de fato numa ditadura sem freio. Esmorecida a resistência, dissolvidos os últimos comícios, mortos ou torturados operários e pequeno-burgueses comprometidos, escritores e jornalistas a desdizer-se, a gaguejar, todas as poltronices a inclinar-se para a direita, quase nada poderíamos fazer perdidos na multidão de carneiros.

Pensando nessas coisas, desci do automóvel, atravessei o pátio, que, em 1930, vira cheio de entusiasmos enfeitados com braçadeiras vermelhas. Numa saleta, um rapaz me recebeu em silêncio, conduziu-me a outra saleta onde havia uma cama e desapareceu. O mulato fez a última viravolta e desapareceu também. À porta ficou um soldado com fuzil. Evidentemente as minhas reflexões tendiam a justificar a inércia, a facilidade com que me deixara agarrar. Se todos os sujeitos perseguidos fizessem como eu, não teria havido uma só revolução no mundo. Revolucionário chinfrim. Desculpava-me a ideia de não pertencer a nenhuma organização, de ser inteiramente incapaz de realizar tarefas práticas. Impossível trabalhar em conjunto. As minhas armas, fracas e de papel, só podiam ser manejadas no isolamento. No íntimo havia talvez o incerto desejo de provocar a nova justiça inquisitorial, perturbar acusadores, exibir em tudo aquilo embustes e patifarias. Essa vaidade tola devia basear-se na suposição de que enxergariam em mim um indivíduo, com certo número de direitos. Logo ao chegar, notei que me despersonalizavam. O oficial de dia recebera-me calado. E a sentinela estava ali encostada ao fuzil, em mecânica chateação, como se não visse ninguém.

Sentado na cama, o chapéu em cima da valise, abri com o pente as páginas dos três volumes que trouxera: *Território Humano* de José Geraldo Vieira, *Gente Nova* de Agrippino Grieco e *Dois Poetas* de Otávio de Faria. Li a primeira folha do primeiro umas três vezes, inutilmente. Conservei esses livros muitos meses, acompanharam-me por diversos lugares, foram remoídos, esfacelaram-se, pulverizaram-se; hoje, com esforço, consigo recordar algumas passagens de um deles.

Nada afinal do que eu havia suposto: o interrogatório, o diálogo cheio de alçapões, alguma carta apreendida, um romance com riscos e anotações, testemunhas sumiram-se. Não me acusavam, suprimiam-me. Bem. Provavelmente seria inquirido no dia seguinte, acareado, transformado em autos. Que horas seriam? Estirei-me no colchão, vestido, o livro de José Geraldo aberto sobre o estômago vazio. Em jejum desde manhã, mas isto apenas me causava uma vaga tontura e escurecia a vista. E concorria talvez para dificultar a compreensão do texto. Virando a cabeça, percebia à esquerda o soldado imóvel. Essa precaução me parecia tão burlesca e tão estúpida que interrompia a leitura vã; ria-me, apesar de tudo. Sentava-me, acendia um cigarro. Naturalmente não havia cinzeiro, esses luxos de civilização tinham desaparecido. Burlesco. Recebera a notícia ao meio-dia, lavara-me, vestira-me, lera dois telegramas desaforados, conversara só, com minha mulher e com dona Irene. Tinham-me feito esperar sete horas. E ali estava com sentinela à vista. Para quê? Não era mais simples trancarem a porta? Aquele dispêndio inútil de energia corroborava o desfavorável juízo que eu formara da inteligência militar.

De novo me deitava, pegava a brochura, soltava-a, cobria os olhos com o chapéu por causa da luz, tornava a levantar-me, acendia outros cigarros. Já no cimento se acumulavam pontas. Nenhum relógio na vizinhança. Apenas os indeterminados rumores noturnos da caserna: um apito, vozes remotas, confusas. O sujeito firme, encostado ao fuzil. Iria passar ali a noite, dormir em pé? Eu não tinha sono, mas ele, coitado, com certeza engolia bocejos, amolava-se. Enfim que significação tinha aquilo? Pretenderiam manifestar-me deferência, considerar-me um sujeito pernicioso demais, que era preciso vigiar, ou queriam apenas desenferrujar as molas de um recruta desocupado? Compreenderia ele que era uma excrescência, ganhava cãibras à toa, equilibrando-se ora numa perna, ora noutra? Se não fosse obrigado a desentorpecer-se e dar-me um tiro em caso de fuga, aquela extensa vigília só tinha o fim de embrutecê-lo na disciplina.

Procurei um mictório, nas paredes lisas, cheguei-me à porta, desci à calçada, passei em frente do manequim teso, sem me decidir a perguntar-lhe quantos metros o fio que me amarrava poderia estender-se: provavelmente, nas funções de espantalho, a criatura emudecia. Avizinhei-me do pátio coberto de manchas de sombra e luz. Regressei ao cabo de um minuto, busquei o lavatório, achei uma pequena moringa e um copo. A higiene satisfazia-se com isso. Voltei a estender-me no colchão, fatigado, cochilei algum tempo, confundi o real e o imaginário, os olhos protegidos pela aba do chapéu. Despertava, fumava, distinguia o estafermo e o fuzil, imaginava, olhando-os de perto, vendo a carranca e o brilho do metal, que haviam sido ali postos para amedrontar-me. Recurso infantil: conjeturei crianças barbadas, ingênuas e maliciosas. O pobre homem devia estar cansado. Seria o mesmo do começo ou teria vindo outro durante os cochilos? Havia-me escapado a substituição. Também me escapavam próximos rumores possíveis: gemidos do vento nas árvores do pátio, a marcha lenta da ronda. Realmente não me lembro de árvores nem da ronda: isto é suposição. Esqueci pormenores, ou não os observei.

Ter-me-ia revelado inquieto? Pouco me importava o conceito que a sentinela pudesse ter dos meus movimentos excessivos, nem me ocorria que o infeliz, tão parado, tivesse conceitos. Mas na verdade a inquietação era puramente física:

difícil permanecer num lugar; precisão de levantar-me, sentar-me, deitar-me. fumar; a ligeira sonolência perturbada vezes sem conta e a leitura das mesmas páginas de José Geraldo Vieira parecia-me faltar a um dever. Habituara-me a ler todos os livros que me remetiam, ali estavam três a desafiar-me em longa insônia, e era-me impossível fixar a atenção neles. As ideias partiam-se a cada instante, desagregavam-se. Picadas no estômago. Fome. Não, não era fome: nem conseguiria mastigar qualquer coisa. Só pensar em comida me dava enjoo. Interiormente achava-me tranquilo. Ou antes, achava-me indiferente. Sumia-se até a curiosidade inicial. Que peça me iriam pregar no dia seguinte? Julgo que não perguntei isso. Realmente era desagradável continuar naquela saleta nua, a procurar nas paredes um lavatório e um mictório inexistentes. Mas noutro canto arranjar-me-ia. Operava-se assim, em poucas horas, a transformação que a cadeia nos impõe: a quebra da vontade. E não me espantei quando, manhãzinha, me vieram tirar de uma leve modorra:

— Prepare-se para viajar.

Saltei da cama; utilizando o copo e a moringa, escovei os dentes, lavei o rosto, molhei os cabelos; penteei-me, agarrei a valise e os três volumes:

— Está bem.

capítulo 5

À SAÍDA encontrei o Tavares, conhecido velho do tempo de rapaz, agora investigador da polícia. Disse-me que tinha ordem de levar-me ao Recife e perguntou-me se queria um carro. A pergunta revelava estranha sovinice: pareceu-me que, preso, não me cabia pagar transporte; e, se fôssemos a pé, não alcançaríamos o trem. Senti-me lesado, mas respondi afirmativamente – e foi esta a última relação que tive com os poderes públicos de Alagoas.

Saltamos na estação da Great Western. Querer-iam obrigar-me a comprar passagem? Não falaram nisso – e respirei, isento de responsabilidades. Na plataforma vi chegar um homenzinho moreno, cheio de tiques risonhos, que segurava uma grande mala e se apresentou: capitão Mata, meu companheiro de viagem.

– Vai conduzir-me ao Recife?

Não, ia também conduzido. Entramos no vagão de primeira classe. Na antevéspera, Sebastião Hora, médico, presidente da Aliança Nacional, fora metido entre operários, atravessara a cidade carregando a bagagem e viajara de segunda, com as portas trancadas. Ao sentar-me, descobri minha mulher na lufa-lufa dos passageiros. Vinha pálida e chorava aquele choro fácil, sereno, que não lhe contrai um músculo, choro superficial, tão diferente dos meus: arrancos interiores, repuxos medonhos no diafragma, ordinariamente sem lágrimas. Diante do rosto molhado e calmo, as desavenças esmoreceram. Perturbado, gaguejei algumas recomendações sobre a mudança dela para a casa do pai, falei nas crianças e, lembrando-me de que a deixara sem recursos, abri a carteira, exibi o conteúdo e entreguei-lhe metade.

Levava comigo seiscentos mil-réis, pois não sabia em que apertos me iria achar. Aconselhei-a a vender os móveis e uma pequena propriedade que tínhamos. Pensei no romance inédito e, receando buscas, pedi-lhe que, ao recebê-lo de dona Jeni, guardasse o manuscrito numa casa e a cópia noutra. Esgotados esses assuntos, pus-me a repisá-los, constrangido, desgostoso com o pranto sossegado, invariável, acusando-me interiormente de ter sido grosseiro na véspera. Recebi um pacote de troços miúdos e meti-o na valise. Numa portinhola adiante, capitão Mata despedia-se alegremente de umas senhoras despreocupadas, naturais, como se julgassem a prisão dele um fato comum, acidente de quartel. Derradeiro apito, derradeiro abraço, derradeiras repetições, um solavanco — e achei-me curvado para fora, a agitar o braço, vendo uma figura branca e imóvel decrescer até sumir-se.

Nenhuma saudade, nenhuma dessas meiguices românticas, enervadoras: sentia-me atordoado, como se me dessem um murro na cabeça. Julgava-me autor de várias culpas, mas não sabia determiná-las. Arrependia-me vagamente de asperezas e injustiças, ao mesmo tempo supunha-me fraco, a escorregar em condescendências inúteis, e queria endurecer o coração, eliminar o passado, fazer com ele o que faço quando emendo um período – riscar, engrossar os riscos e transformá-los em borrões, suprimir todas as letras, não deixar vestígio de ideias obliteradas. Aquela viagem era uma dádiva imprevista. Estivera a desejá-la intensamente, considerando-a difícil, quase irrealizável, e alcançava-a de repente. Sucedera-me um desastre, haviam pretendido causar-me grande mal – o mal e o desastre ofereciam-me um princípio de libertação. Os dois choques seguidos, desemprego e cadeia, e também os telegramas ofensivos eram úteis: perturbavam-me, embrulhavam casos enfadonhos, obrigavam-me a um salto arriscado, e nessa deslocação datas e fisionomias se toldavam de espessa névoa. Parecia-me que saldava uma dívida, me livrava de pesos interiores. Qualquer favor acaso ali recebido findava. Bom que me deixassem partir esquecido e em silêncio: estávamos quites.

E nesse ajuste de contas figuravam governo e particulares. Sem guardar ressentimento, aliviava-me de obrigações. Voltando-me, percebi ao meu lado o capitão Mata, expansivo, amável, a dizer-me coisas que não entendi bem. Formei sobre elas um juízo confuso, alterei-o e corrigi-me depois, mas a princípio, desatento e mudo, com certeza dei ao rapaz uma impressão lastimosa. Confessou-me que estava inocente e era vítima de enredos e maroteiras dos colegas; necessitava repisar isto, como se eu fosse julgá-lo – estava inocente. Oficial de polícia rebelde a entusiasmos, poeta por vocação. Como profissional, ficara alguns meses no Rio, em estágio lembrado com júbilo, mas fora como diletante que aí se notabilizara: num jantar, entre camaradas, recitara versos da sua lavra, e isto lhe dera largo prestígio. Essas informações misturavam-se a trechos de paisagem, diluíam-se, recompunham-se... Algumas sílabas que eu entremeava no solilóquio poderiam dar-lhe aparência de conversa – e assim abrandamos parte da viagem.

Logo nas primeiras estações três conhecidos surgiram, patentearam-se, ofereceram-me as últimas imagens que levei daquela terra. Se o meu companheiro não falasse demais, sempre a explicar-se, a justificar-se, sem dificuldades nos tomariam como passageiros comuns: o investigador, discreto, de nenhum modo nos comprometia. Mas as explicações e as justificações nos marcaram, chamaram a atenção de Benon Maia Gomes, diretor do Serviço de Algodão depois da bagunça de 1930; nesse tempo me aparecia às vezes na Imprensa Oficial, onde eu bocejava a olhar, sob um telheiro próximo, um homem que enchia dornas e uma mulher que lavava garrafas. Durante uns minutos de parada, Benon Maia Gomes censurou-me acrimonioso a desordem. Estava convencido de que o meu trabalho era uma desgraça. Murmurou e remurmurou, carrancudo, sombrio:

– Desordem, desorganização.

Mordi os beiços, contive-me, preguei os olhos num ponto afastado, imobilizei-me até que o trem se pôs em marcha. Outro conhecido, também visto de relance numa estação, foi o deputado José da Rocha. Ao ter conhecimento da infeliz notícia, recuou, temendo manchar-se, exclamou arregalado:

– Comunista!

Espanto, imenso desprezo, a convicção de achar-se na presença de um traidor. Absurdo: eu não podia considerar-me comunista, pois não pertencia ao Partido; nem era razoável agregar-me à classe em que o bacharel José da Rocha, usineiro, prosperava. Habituara-me cedo a odiar essa classe, e não escondia o ódio. Embora isto não lhe causasse nenhum prejuízo, era natural que, em hora de paixões acirradas, ela quisesse eliminar-me. O assombro do usineiro me pasmava – e éramos duas surpresas. Nascido na propriedade e aguentando-se lá, sempre a serrar de cima, conquistando posições, bacharel, deputado, etc., não via razão para descontentamentos. Com um sobressalto doloroso notava que eles existiam. Então os cérebros alheios funcionavam, e funcionavam contra os seus interesses, as moendas, os vácuos, os dínamos e os canaviais. Uma palavra apenas, e nela indignação, asco, uma raiva fria manifesta em rugas ligeiras:

— Comunista!

Este resumo aniquilava-me. Ingrato. E qualquer acréscimo, gesto ou vocábulo era redundância. O terceiro encontro foi com Miguel Baptista, com quem me correspondera quando trabalhava na Prefeitura de Palmeira dos Índios e ele, diretor da Instrução Pública, fazia o recenseamento da população escolar. Agora, juiz de direito no interior, viajava para a sua comarca. Entrou no carro, abraçou-me em silêncio e foi sentar-se a pequena distância, de costas para mim. Não me olhou uma vez. No ponto de desembarque, entregues os pacotes ao carregador, veio abraçar-me de novo:

— Adeus, Fulano. Até a volta.

Confundi-me, gaguejei:

— Não, Baptista, eu não volto.

— Volta, sim. Isso é um equívoco, não tem importância. Dentro de uma semana tudo se esclarece. Adeus, seja feliz.

Foi pouco mais ou menos o que ele disse — e isto dissipou negrumes, hoje me dá uma recordação amável daquele dia. Na ausência de Baptista, indaguei-me. Se os nossos papéis estivessem trocados, haveria eu procedido como ele, acharia a maneira conveniente de expressar um voto generoso? Talvez não. Acanhar-me-ia, atirar-lhe-ia de longe uma saudação oblíqua, fingir-me-ia desatento. Essas descobertas de caracteres estranhos me levam a comparações muito penosas: analiso-me e sofro.

No calor e na poeira, o capitão Mata parolava distraindo-se e distraindo-me. Recitou um soneto, de que não percebi logo o intuito satírico. Caprichava na sintaxe, metrificava ironias à segurança pública: e em 1936 esse desrespeito podia considerar-se uma espécie de comunismo. No princípio da tarde o investigador Tavares acompanhou-me ao restaurante, mas o cheiro da comida me nauseava. Pedi cigarros e conhaque. Fumava sem descontinuar, a provisão do tabaco sumia-se rapidamente na valise. E necessitava beber. Isto não me abria o apetite. As picadas no estômago haviam desaparecido, e um entorpecimento se alargava, dava-me a impressão de que o órgão se extinguiria e eu viveria bem sem comer. A tontura da noite se sumira também: achava-me lúcido, a memória funcionava regularmente, e se Tavares não fosse da polícia, agradar-me-ia conversar com ele, recordar as sobrinhas do padre Raul, Pontal-da-Barra, casos da mocidade. O que fiz foi confiar-lhe um bilhete para minha mulher. Na atrapalhação da partida, esquecera-me de um aviso importante. De fato, não havia importância, mas ali, ausentando-me do mundo, começava a dar às coisas valores novos. Sucedia um desmoronamento. Indispensável retirar dele migalhas de vida, cultivá-las e ampliá-las.

De outro modo, seria o desastre completo, o mergulho definitivo. Assim, lembrei-me de uma carta recebida poucos dias antes da Argentina. Benjamin Garay andava a traduzir-me um livro, a dizer que o traduzia, e forçava-me a gastar papel e tempo numa correspondência longa. Ultimamente me exigira colaboração para não sei que revista de Buenos Aires. Pensei num conto deixado na gaveta sapecado, cheio de abundantes minúcias exasperadoras, e, a lápis, em pedacinhos de papel arrancados da carteira, sugeri a minha mulher que tirasse duas cópias dele e mandasse uma a Garay. Bebendo conhaque, vendo em colinas e planícies desdobrarem-se canaviais, parecia-me haver escrito a alguém que se tivesse desligado quase completamente de mim. Na verdade, a separação não era completa. Os desgostos diários e a serenidade lacrimosa da manhã fundiam-se naquele torpor que principiava iro no estômago, se alargava, mergulhava todo o corpo em sombria indiferença. Mas havia os filhos: precisava cuidar deles. Como? Ali a rodar nos trilhos da Great Western, os versos de Bandeira ecoando no ganzá da locomotiva: "Passa boi, passa boiada", usinas sucedendo-se no campo verde, a do dr. José da Rocha e as de outros doutores; achava-me inútil, preguiçoso e estúpido.

O desejo de fazer um livro na cadeia arrefecia; contudo apegava-me a ele, por não me ocorrer outro. Talvez aquela confusão se dissipasse, uma confusão esquisita: as ideias me chegavam nítidas, fugiam, voltavam, eram substituídas, atropelavam-se; impossível fixá-las; coisas muito claras que se partiam. Tudo por causa daquele deslocamento. Devia ser isto: horríveis as mudanças. A usina do deputado José da Rocha; a opinião severa de Benon Maia Gomes; um tenente mulato a perfilar-se, depois a girar num corrupio: "Um gênio, é o que ela é"; Rubem Loureiro transmitindo-me um recado custoso de Osman, no gabinete cheio de peças de fazenda, processos e volumes do *Literatura Internacional*; a nobreza de Miguel Baptista, exposta num rápido cochicho; indispensável arranjar um livro, a lápis, em pedaços de papel, frustrar com ele a monotonia da prisão. Este último pensamento vinha sempre, teimoso, não havia meio de suprimi-lo. Dar-me-iam a tranquilidade necessária para fazer o livro? Provavelmente não dariam. Agadanhavam-me e, depois de uma noite de insônia, despachavam-me para o Recife. Que diabo queriam de mim no Recife? Capricho. Certamente me forçariam a interrogatórios morosos, testemunhas diriam cobras e lagartos, afinal me chegaria uma condenação de vulto. Sem dúvida. Quais seriam os meus crimes? Não havia reparado nos enxertos em 1935 arrumados na constituição. Num deles iria embrulhar-me. A conjetura de que me largariam ao cabo de dois ou três dias, por falta de provas, sumiu-se. Aquela transferência anunciava demora.

Em frente a mim, os cotovelos na mesa, Tavares, sonolento, bocejava com dignidade bovina. Nenhuma aparência de cão de guarda: um boi. De espaço a espaço mugia uma questão, a que eu respondia por monossílabos, afirmando ou negando com a cabeça. Voltei ao carro de primeira classe, diligenciei entreter-me com as divagações do meu companheiro. Não conseguia, porém, dispensar-lhe atenção: mudo e chocho, isento de curiosidade, andava aos saltos no tempo, brocas agudas verrumando-me o interior.

Burrice imaginar que me seria possível atamancar um romance além das grades. Nem conseguia meio de consertar o que dona Jeni datilografava. Isto me afligia: defeitos por todos os cantos, prosa derramada e insípida. O conto que havia ficado na gaveta precisava também de numerosas emendas, cortes, substituições. Entretanto, eu o mandava copiar e remeter a um país estrangeiro, coisa que, no meu juízo perfeito, não faria. E já aí tínhamos uma pequena amostra do que nos oferecia o absolutismo novo, sem disfarces, dentes arreganhados, brutal: o rebaixamento da produção literária. E era-me necessário dedicar-me a ela de qualquer modo, exportá-la em contrabando se o mercado interno a recusasse. Recusaria, decerto.

Passei o dia a mexer-me do vagão para o restaurante, bebi alguns cálices de conhaque, os últimos que me permitiriam durante longos meses. A noitinha percebi construções negras num terreno alagado. Que seria aquilo?

— Mocambos — informou Tavares.

Bem, os célebres mocambos que José Lins havia descrito em *Moleque Ricardo*. Conheceria José Lins aquela vida? Provavelmente não conhecia. Acusavam-no de ser apenas um memorialista, de não possuir imaginação, e o romance mostrava exatamente o contrário. Que entendia ele de meninos nascidos e criados na lama e na miséria, ele, filho de proprietários? Contudo a narração tinha verossimilhança. Eu seria incapaz de semelhante proeza: só me abalanço a expor a coisa observada e sentida. Tornaria esse amigo a compor outra história assim, desigual, desleixada, mas onde existem passagens admiráveis, duas pelo menos a atingir o ponto culminante da literatura brasileira? Quem sabia lá? Agora morava no Rio, talvez entrasse na ordem, esquecesse a bagaceira e a senzala, forjasse novelas convenientes para um público besta, rico e vazio. Malucando assim, alcancei a estação de Cinco-Pontas; peguei a valise e os três volumes, saltei na plataforma, acompanhado pelo investigador, junto ao capitão Mata, que se derreava ao peso da mala.

capítulo 6

CHEGOU-SE a nós um rapaz alto, esticado na farda, que se ofereceu para conduzir-nos ao nosso destino. A fala era branda, os modos corteses, de uma cortesia sem afetação, ligada com rigor ao homem, parecendo haver nascido com ele. A maneira como se apresentou, nos abriu a portinhola de um grande automóvel, dava-nos a impressão de que éramos hóspedes consideráveis levados ao hotel por um funcionário cerimonioso. E nenhuma palavra que de longe revelasse a nossa degradação. O investigador Tavares logo se eclipsou. Estranho. Aquela contradança me desorientava. Subordinara-me em vinte e quatro horas ao mulato rodopiante, ao oficial mudo, à sentinela, ao Tavares, ao rapaz atencioso. Surpreendia-me: imaginara que me trancassem a chave numa sala, me deixassem só – e não me vira só um minuto. A vigilância contínua, embora exercida por uma estátua armada a fuzil ou por uma criatura amável em excesso, começava a angustiar-me.

Isso e a instabilidade. Mal fechara os olhos numa leve sonolência, alguém me sacudira e soprara ao ouvido: "*Viajar.*"

Para onde? Essa ideia de nos poderem levar para um lado ou para outro, sem explicações, é extremamente dolorosa, não conseguimos familiarizar-nos com ela. Deve haver uma razão para que assim procedam, mas ignorando-a, achamo-nos cercados de incongruências. Temos a impressão de que apenas desejam esmagar-nos, pulverizar-nos, suprimir o direito de nos sentarmos ou dormir se estamos cansados. Será necessária essa despersonalização? Depois de submeter-se a semelhante regime, um indivíduo é absolvido e mandam-no embora. Pouco lhe serve a absolvição: habituado a mover-se como se o puxassem por cordéis; dificilmente se libertará. Condenaram-no antes do julgamento, e nada compensa o horrível dano. Talvez as coisas devam ser feitas assim, não haja outro meio de realizá-las. De qualquer modo isso é uma iniquidade – e a custo admitiremos que uma iniquidade seja indispensável. Aonde me transportariam? Àquela hora muitos indivíduos suspeitos estavam sendo paralisados, rolavam sobre pneumáticos silenciosos, navegavam do norte para o sul e do sul para o norte, resvalavam como sombras em longos corredores úmidos. E as autoridades resvalavam também, abafando os passos, oblíquas, tortuosas, com aparência de malfeitores.

Embarcamos, ziguezagueamos longamente na iluminação fraca do Recife. Achara-me ali vinte e dois anos antes, recolhido, enfermo, e ignorava a topografia da cidade: as ruas estreitas e sem nome nada me diziam do itinerário. A um lado, o meu companheiro dava-me palpites desprovidos de significação; no outro lado, o nosso guia, atento, digno, o busto ereto, quase se invisibilizava na penumbra do veículo. Começava a esboçar-se a terrível situação que ia perdurar: uma curiosidade louca a emaranhar-se em cordas, embrenhar-se em labirintos, marrar paredes, e ali perto o informe necessário, imperceptível nas linhas de uma cara enigmática e fria.

Chegamos, afinal, diante de um vasto edifício. Saltamos. E, lembrando-me da exigência da manhã, aproximei-me do *chauffeur*, abri a carteira, disposto a reduzir os cobres escassos.

— Ah! Não! — interpôs-se o nosso condutor. — É um carro oficial.

Respirei aliviado. Atravessamos um portão, percorremos lugares que não me deixaram nenhum vestígio na memória, desembocamos numa saleta onde um sujeito em mangas de camisa bebia chá e mastigava torradas. Não se alterou com a nossa presença: continuou sentado à mesinha, diante da bandeja, e nem deu mostra de perceber a continência e algumas palavras indistintas do rapaz cortês. Pouco a pouco, inteirando-se de qualquer coisa, entrou a manifestar sinais de inquietação, jogando-nos de soslaio olhadelas descontentes. Tínhamos ido incomodá-lo, impacientava-se, murmurava uma recusa teimosa, falando para dentro, sem deixar de mastigar a torrada. O movimento dos queixos e o som abafado e monótono casavam-se de tal jeito que a recusa e a torrada pareciam confundir-se. E as migalhas economizadas voltavam à boca, juntavam-se às sílabas indecisas, tudo se moía num *ronrom* asmático. Não me chegava uma palavra, e o desagrado apenas se revelava no gesto arrepiado, no resmungo cavernoso. O moço fez nova continência, meia-volta, veio dizer-nos que não havia ali acomodações para nós.

Saímos, reembarcamos, outra vez nos largamos pelas ruas estreitas e sombrias. Segunda parada, e mergulhamos num casarão, subimos e descemos numerosos degraus de cimento, dobramos esquinas, fomos acordar o sujeito que dormia num quarto pequeno situado no fim de um alpendre. Levantou-se bocejando, a cara enferrujada. E travou-se um diálogo de que nada consegui entender. Expressões técnicas soavam inutilmente, pessoas agora esquecidas por inteiro entravam, saíam, colaboravam na conversa, e, não me sendo possível distinguir a posição social delas, ordens e evasivas se confundiam, para diferençá-las havia apenas o tom, o gesto, a postura humilde ou arrogante.

Na verdade, me achava num mundo bem estranho. Um quartel. Não podia arrogar-me inteira ignorância dos quartéis, mas até então eles me haviam surgido nas relações com o exterior, esforçando-se por adotar os modos e a linguagem que usávamos lá fora. Aparecia-me de chofre interiormente, indefinido, com seu rígido simbolismo, um quadro de valores que me era impossível recusar, aceitar, compreender ao menos. Tinha-me livrado em poucos meses do serviço militar, numa linha de tiro, sem nenhum patriotismo, apenas interessado na ginástica. Habituara-me cedo a considerar o exército uma inutilidade. Pior: uma organização maléfica. Lembrava-me dos conquistadores antigos, brutos, bandidos, associava-os aos generais modernos, bons homens, excelentes pais de família, em todo o caso brutos e bandidos teóricos, mergulhados numa burocracia heroica e dispendiosa. Mais tarde, numa prefeitura da roça, percebera que os melhores trabalhadores, os mais capazes, tinham sido soldados – e aquele ninho de parasitas se revelara incongruente. Uma ideia preconcebida, rigorosa, esbarrava com a observação. Nada mais besta que as generalizações precipitadas. A antipatia que os militares me inspiravam com certeza provinha de nos separarmos. Eu achava as fórmulas deles, os horríveis lugares-comuns, paradas, botões, ordens do dia e toques de corneta uma chatice arrepiadora; se algum deles atentasse nas minhas ocupações, provavelmente as julgaria bem mesquinhas.

Das frases rápidas e obscuras, das idas e vindas, percebi vagamente que também ali não havia lugar para nós. Isto me espantava. Como era possível em tão grande estabelecimento não haver cela onde se alojassem dois indivíduos? Não se tratava disso, foi o que me pareceu: não se procurava uma cela, mas uma determinada espécie de cela. No papel que nos dava ingresso estávamos classificados, etiquetados, e só nos poderíamos recolher a local previamente estabelecido. Perplexo, perguntava a mim mesmo se esse rigorismo nos seria vantajoso ou desvantajoso. Não me seria possível recordar as feições do homem que se levantara, bocejando estremunhado. Certamente o vi nos dias seguintes, mas confundi-o com outros, não consegui identificá-lo. Recordo-me, porém, de um pormenor desprezível, o sentimento desarrazoado que me assaltou ao vê-lo chateado, indeciso a respeito do ponto onde nos devia guardar: acusei-me, não de tentar subverter a ordem, mas de perturbar o sono de um desconhecido. Evidentemente isso era estúpido — e reconhecendo a estupidez, continuava a censurar-me, tinha desejo de me desculpar, livrar-me do enleio absurdo. Enfim, ao cabo de meia hora, venceu-se a dificuldade: o homem resolveu ceder-nos aquele aposento e mudar-se: mandou buscar outra cama e saiu depois de nos fazer algumas advertências incompreensíveis. O moço que nos acompanhara despediu-se também.

— Obrigado, tenente.

— Não senhor, sou apenas sargento.

— Perdão. Com essa luz tão fraca, difícil notar.

Aleguei a falta de luz como alegaria outra coisa qualquer, pois de fato, ignorante de uniformes, nem procurara distinguir o posto do rapaz. Imaginara-o tenente — e surpreendia-me que houvesse inferiores tão bem-educados. Julgava-os ásperos, severos, carrancudos, possuidores de horríveis pulmões fortes demais, desenvolvidos em berros a recrutas, nos exercícios. E aquele, amável, discreto, de aprumo perfeito e roupa sem dobras, realmente me desorientava. Surpresa tola, por causa das generalizações apressadas.

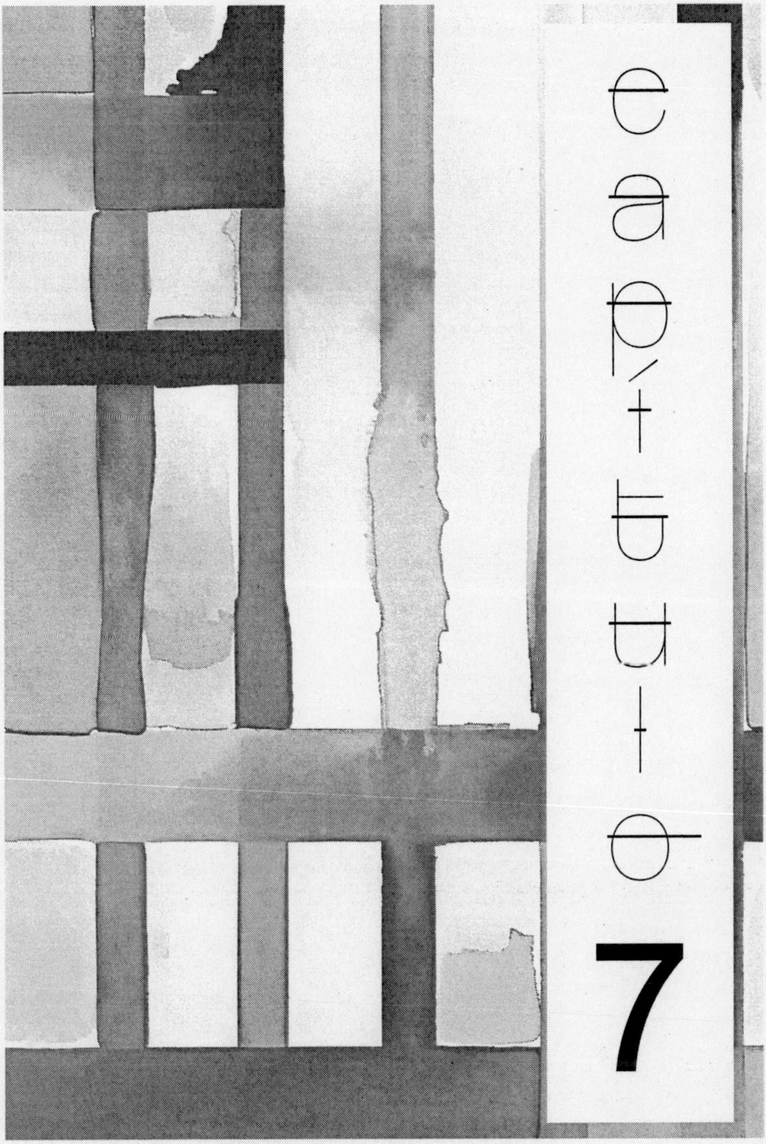

capítulo 7

QUANDO nos vimos sós, abri a valise, retirei objetos necessários, despi-me lentamente; os braços pesados, estendi a roupa no encosto de uma cadeira, vesti um pijama. O capitão Mata vencera a loquacidade e acomodava-se à pressa, metódico, cochichando-me reparos, porque tinha chegado a hora do silêncio e as expansões se tornavam impossíveis. Ultimados os arranjos, estabelecidas as coisas nos lugares convenientes, despediu-se, apagou a luz, deitou-se na cama de feno posta a um canto da sala estreita, ao pé da entrada, e adormeceu logo. A minha cama, do outro lado, ao fundo, ficava junto a uma janela aberta sobre um pátio cheio de sombras. Na parede onde o meu companheiro se encostava, uma porta fechada; em frente, uma janela, também fechada. Não sei onde lavei as mãos e o rosto, esqueci pormenores, ignoro se havia água encanada ou lavatório com jarro. Uma mesinha, duas cadeiras, só.

Deitei-me, fiquei a virar-me e a revirar-me no lençol dobrado, tentando em vão chamar o sono. Realmente não posso dizer se dormia ou velava: feriam-me os sentidos uma faixa alvacenta que me banhava os travesseiros, o vulto indeciso do capitão, a mesinha, as cadeiras, a sentinela encostada ao fuzil, no alpendre, nova sentinela a amofinar-se no serviço cacete; mas às vezes tudo se embrulhava, entre as visões concretas esboçavam-se fantasmagorias – e era-me impossível saber onde me achava, porque me estirava no colchão alheio, depois de solavancos infinitos em estrada de ferro. A minha vida anterior se diluía, perdia-se além daquele imenso espaço de vinte e quatro horas. Um muro a separar-me dela, a altear-se, a engrossar, e para cá do muro – nuvens, incongruências. Entre esses farrapos de realidade e sonho, era doloroso pensar numa inteira despersonalização. Como iria reagir às ocorrências imprecisas que me aguardavam? As imagens vagas misturadas aos móveis sumiram-se, despertei completamente e foi impossível conservar, no calor, a posição horizontal.

Ergui-me, tateei a roupa no encosto da cadeira, tirei dos bolsos cigarros e fósforo, debrucei-me à janela, fiquei longamente a olhar o pátio escuro, fumando. Como iria comportar-me? Se me dessem tempo suficiente para refletir, ser-me-ia possível juntar ideias, dominar emoções, ter alguma lógica nos atos e nas palavras, exibir a aparência de um sujeito mais ou menos civilizado. Mas na situação nova que me impunham, fervilhavam as surpresas, e diante delas ia decerto confundir-me, disparatar, meter os pés pelas mãos. Ali embaixo, a alguns metros de distância, dois vultos, ladeando um portão, semelhavam pessoas embuçadas, gigantes embuçados. Que seriam? Pilares? Deviam ser pilares. Afastei-me, passeei cauteloso, abafando os passos, temendo esbarrar nas cadeiras.

Experimentei dormir. A sentinela continuava sob o alpendre, na firmeza inútil, vendo-me ocupar e abandonar a cama inútil. Avizinhei-me da jaula, arredei-me, estive longas horas a mover-me à toa na janela sombria.

O peso que a princípio sentira nos membros desaparecera: agitava-me agora desordenadamente, em vão procurava atordoar-me e cansar. Aguçavam-me a curiosidade os vultos que guardavam o portão. Seriam guaritas? Não: para guaritas eram muito altos e muito esguios. Que significavam pois? Essa pergunta me arreliava. Se não conseguia divisar aqueles objetos volumosos expostos aos meus olhos, como adivinhar as sutilezas provavelmente escondidas em toda a parte, como alçapões? Naquela vida era preciso em certo momento um homem virar-se para a direita, virar-se para a esquerda, levantar-se, baixar-se, e a falta de um gesto implicava censura.

Esquecera-me desses movimentos aprendidos em poucos meses de exercício relaxado e capenga. Na presença de um oficial superior, derrear-me-ia, uma perna bamba, a outra a aguentar o corpo todo, pregaria o cotovelo num peitoril. Envergonhar-me-ia ao notar o desconchavo, encolher-me-ia, largaria sandices comprometedoras. Em horas de perturbação era-me impossível dominar a língua: dizia coisas impensadas, às vezes contrárias ao que era preciso dizer. Receava prejudicar alguém. Iria qualquer informação doida transformar-me em delator, levar à cadeia rapazes inofensivos que tencionavam eliminar a burguesia distribuindo às escondidas nos cafés papéis mimeografados?

Um deles, Jacob, figurava no meu último livro, com o nome de Moisés. Encarregava-se de receber as prestações na venda do tio, judeu verdadeiro. Não recebia nada: dava aos fregueses opiniões incendiárias, folhas volantes vermelhíssimas, o que lhe rendia, segundo afirmavam, abundantes surras do patrão. Talvez Jacob estivesse guardado a chave. E meus filhos mais velhos, da Juventude Comunista, pichadores de paredes, provavelmente andavam perseguidos, a esconder-se. Ultimamente, haviam arranjado uma espécie de revista, enviado cem números para Moscou e cinquenta para Madrid. Um escândalo. E como Plínio Salgado recebera uma vaia formidável no Teatro Deodoro e fugira pelos fundos do palco sem piar, enquanto a milícia verde se alvoroçava no saguão, saltava grades, deixava camisas em pontas de ferro, um ressentimento amargo se concentrava nessas alminhas, contra rapazes do liceu, operários, soldados e cabos do exército. Eram todos agora denunciados, com certeza. Apavorava-me supor que uma indiscrição minha poderia fornecer aos carcereiros uma pista. Realmente não me informara de quase nada, eles deviam saber muito mais que eu, mas talvez uma indicação lhes fosse útil. O pormenor insignificante reforçaria provas, constituiria o elo necessário a uma cadeia interrompida. É desses pequeninos grãos que a polícia constrói os seus monumentos de misérias. Qual seria a minguada contribuição que exigiriam de mim? Esforçava-me por adivinhá-la e guardá-la com avareza: no interrogatório, desviar-me-ia das ciladas, referir-me-ia com ar culposo, misteriosamente, a casos diversos e inofensivos. Difícil era descobrir aonde me queriam levar, que valor me atribuíam. Inadmissível achar-me ali por vingança de um energúmeno qualquer: isto seria antieconômico, disparatado, e sem dúvida o país ainda não chegara a tal grau de estupidez e malandragem.

Aquela mancha indistinta, lá embaixo, entre as duas colunas, era provavelmente um portão. Seriam colunas? Na verdade, a iluminação do Recife, vacilante, deixava-me na ignorância. Conservei-me longamente arrimado ao peitoril, interrogando as trevas, aguçando o ouvido à procura de seus informadores: pedaços de conversas, pancadas de relógio. Nenhum sinal me orientava; a noite preguiçosa a arrastar-se; impossível saber se me achava no princípio ou no fim dela. Na verdade, o tempo não era o que havia sido: tornara-se confuso e lento, cheio de soluções de continuidade, e nesses hiatos vertiginosos perdia-me, escorregava, os olhos turvos, numa sensação de queda ou voo. Náuseas, aperto no diafragma. Evidentemente se tudo em redor me parecia vago e incompreensível, se até a noção de tempo se modificava, cá dentro deviam as coisas passar-se de maneira lastimosa, esta velha máquina emperrava. Sem dúvida. Inquietava-me perceber que me havia tornado, naquela pausa singular, estúpido em demasia. A atenção embotada saltava frequentemente de um assunto para outro, sem conseguir estabelecer a mais simples relação entre eles, e às vezes ficava a doidejar, a rodear pormenores, como peru, tentando decifrar insignificâncias.

Que seriam os dois vultos que vigiavam lá embaixo o portão? Esta pergunta, reproduzida, chateava-me; contudo não podia desembaraçar-me dela, misturava-a sem propósito às complexidades imponderáveis que me atenazavam. Naquela desordem, naquele cipoal de pensamentos emaranhados, avultava uma incongruência, mas isto só mais tarde foi percebido: sentia-me vítima de injustiça, queixava-me de inimigos indecisos, parecia-me descobrir nos lençóis, no peitoril da janela, na água da moringa e no ar corrupção e veneno; contraditoriamente, achava-me em segurança, considerava a existência anterior bem mesquinha, pior talvez que a prisão. Quando me viesse calma, aventurar-me-ia a fazer um livro, lentamente, livre das aporrinhações normais. Viria a calma? E quantos dias ou meses me deixariam naquela situação? Era disparate desejar permanecer nela, mas assaltava-me uma grande covardia, o receio de voltar a assumir responsabilidades, a certeza de que o meu trabalho de indivíduo solitário, na ditadura mal disfarçada por um congresso de sabujos, seria pouco mais ou menos inútil.

Preferível o cativeiro manifesto ao outro, simulado, que nos ofereciam lá fora. A ideia de escrever o livro voltava com insistência. Cada vez mais, porém, me convencia de que, persistindo aquela enorme burrice, não escreveria coisa nenhuma. Mas observaria fatos e pessoas que me despertavam curiosidade. Agora estava certo de que não me largariam dentro de uma semana, como havia suposto. As vaidadezinhas malucas de pequeno-burguês sumiam-se. Decerto me guardariam, possivelmente me poriam em contato com alguns criminosos, pessoas que, interessando-me demais, até então me haviam aparecido em tratados ou de longe. Conhecimento imperfeito, sumário. E mostrar-me-iam os revolucionários de Natal, do 3° Regimento, da Escola de Aviação. Até certo ponto podia considerar-me uma espécie de revolucionário, teórico e chinfrim. Sorria-me a perspectiva de olhar de perto revolucionários de verdade, que ultimamente eram presos em magotes.

capítulo 8

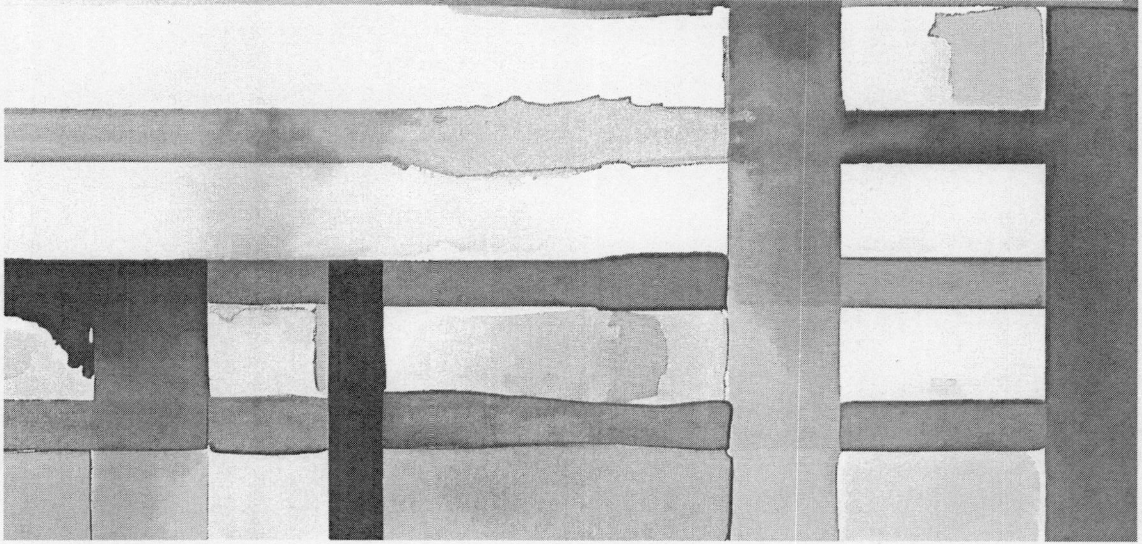

CLAREOU o dia, lá embaixo as manchas esquisitas sobressaíram, ganharam contornos, afinal surgiram dois canhões apontando o céu. Realmente não me seria possível dizer se eram canhões, obuses ou morteiros; duas peças de artilharia, de nome incerto e descalibradas, limitavam o portão e produziam bom efeito decorativo, sugeriam força. Esta verificação me satisfez. Passara a noite intrigado, e agora, alheio ao despertar do quartel, apenas reparava no insignificante pormenor, como se o resto não tivesse importância.

Nem vi capitão Mata erguer-se. Quando me afastei da janela, o homem se escovava e lavava, retomando a alegria comunicativa e barulhenta da véspera. Éramos antípodas. Enquanto me ocupava numa única miudeza, ele apreendia muitas, relacionava-as e alcançava rápido o conjunto; falava em demasia, sem se incomodar com os meus silêncios, de ordinário informando, quase nunca fazendo uma pergunta; e devia estranhar a minha valise de dois palmos, pois a sua mala grande e pesada era um armazém, tinha tudo: agulhas, botões, linha, canivetes, lixa. Nunca vi pessoa mais precavida. Nem mais econômica. Tinha necessidades muito escassas, não fumava, e enquanto vivemos juntos creio que se absteve de qualquer despesa. De nenhum modo se julgava humilhado, suponho: naquela segurança, naquele bom humor sempre a mexer-se parecia exercer uma função militar e necessária. Acabando as lavagens e as penteadelas matinais, notei-lhe a observação:

– O comandante chegou.

– Como é que o senhor sabe? – estranhei.

– Ora! Muito fácil: tinha ouvido a corneta.

Como o toque me passara despercebido, imaginei-o a divagar. Admitindo, porém, que ele tivesse considerado um som, tirado consequência dele, não me interessava esclarecer-me a respeito da presença do comandante àquela hora. Julguei isto e enganei-me: ao cabo de meia hora entrou na sala e apanhou-me de surpresa um velho calmo, polido, ar de fria dignidade, o rosto magro. As estrelas, o gesto, o apuro, identificaram-no – e diante dele o meu companheiro entesou-se em posição de sentido. O homenzinho cumprimentou-nos, examinou o aposento, quis saber se nos faltava alguma coisa e permaneceu de pé junto à mesa uns três ou cinco minutos, os minutos aplicáveis à nossa situação, dizendo com lhaneza palavras da hospitalidade regulamentar. Referiu-se à má qualidade da alimentação e desculpou-se.

– Oh! Comandante! Não se preocupe. Tudo está bem.

– Não senhor. A comida é ruim, sem exagero. Vai achá-la muito ruim. Tenha paciência: é a que usamos. Não seria difícil mandar buscar outra no restaurante, mas isto é irregular.

Mortificaram-me aquelas minúcias sobre matéria insignificante, desejei mudança de assunto, em vão; o negócio culinário encheu quase toda a pequena entrevista.

— Enfim, como os senhores estão aqui de passagem, podem aguentar uns dias de maus tratos.

Aludiu outra vez, num vago oferecimento, às coisas que nos faltavam, despediu-se e retirou-se. Bem. Tínhamos uma indicação: estávamos ali de passagem. Para onde? Não nos atreveríamos a perguntar isso: a cortesia solene e burocrática revelava claramente que seguíamos os trâmites normais e o despacho viria no momento preciso. Decerto o comandante não era responsável pela nossa estada no quartel; julgava-a talvez perturbadora. Mas achava-se no dever de nos visitar pela manhã e dizer algumas frases de pessoa educada. Agradecíamos. Quem era o responsável então? Provavelmente havia muitos, tantos que a responsabilidade se diluía — e ali, trancados, não divisávamos ninguém. Trouxeram-nos uma bandeja. Tomei o leite e o café, mastiguei um pedaço de pão, constrangido, sem notar nessa primeira refeição as deficiências da cozinha, mencionadas em excesso. Levantava-me quando entrou um moço grave, de olhos vivos ligeiramente estrábicos, fumando por uma longa piteira.

— Capitão Lobo.

Passeando da mesa para a janela e da janela para a mesa, deu-nos esclarecimentos:

— Os senhores ficam alojados aqui. Na sala vizinha há um oficial preso. Os senhores prometem não comunicar-se com ele.

Olhei a porta cerrada, o tabique baixo. Facilmente estabeleceríamos comunicação, mas que nos interessava isso, se nem sabíamos quem estava do outro lado? Faríamos sem custo a promessa, mas capitão Lobo não se importou com ela: não nos perguntou se prometíamos, afirmou que prometíamos e encerrou a questão. Esteve meia hora a conversar com volubilidade, afirmativo, às vezes sublinhando a frase com movimentos enérgicos. Não ria, não sorria: as ideias deviam parecer-lhe coisas terrivelmente sérias. Parava para escutar, atento, aprovando ou desaprovando com a cabeça, retomava depois o discurso e o passeio, ambos em linha reta. Curioso que apenas se movesse da mesa para a janela, onde fazia uma ligeira parada, e da janela para a mesa, onde novamente se detinha. Era como se a mesa constituísse uma barreira e o separasse da porta: os seus passos percorriam exatamente metade da sala. Também a fala tinha pequenas pausas, correspondentes àquelas estações, embora o interlocutor se mantivesse calado. Não me animaria a convidá-lo a sentar-se, pois ele figurava o dono da casa, mas puxei uma cadeira, desembaracei-a da roupa e da valise ali postas na véspera, joguei à cama estes objetos. Ele fingiu não perceber o oferecimento mudo e continuou o exercício invariável.

O comandante se conservara de pé cinco minutos. Agora colaborando na palestra longa, convencia-me de que esses homens não se sentavam na minha presença para eu não me resolver a sentar-me diante deles. Esta certeza me levava a usar cautela, medir as palavras — e a conversa se reduzia quase a um solilóquio.

Impossível qualquer aproximação. Pouco inclinado a desabafos, certamente não ia expandir-me a um desconhecido, talvez disposto a analisar-me. De minha parte observava-o e a observação não me induzia a desconfiança. A linguagem clara, modos francos, às vezes estabanados, a exceder os limites da polidez comum, diziam-me que ali se achava um homem digno. O gesto rijo martelava a ideia, o olho brilhante, ligeiramente oblíquo, donde parecia desprender-se uma faísca de insensatez, fixava-se na gente, insensível e frio. Devia ser um tormento para criaturas dissimuladas suportar aquela dureza metálica de verruma. Não deixou de fumar um instante: deitava fora a ponta de cigarro, introduzia outro na piteira comprida em excesso. Súbito parou o monólogo, ofereceu-

-nos toalhas e convidou-nos a acompanhá-lo. Atravessamos um corredor, descemos uma pequena escada, chegamos ao pátio interno, paramos, abriu uma porta:

— Os senhores usam este banheiro. Só este.

Chamou um tipo graduado, com duas ou três divisas, e concluiu:

— Podem vir aqui acompanhados por um sargento ou cabo. Adeus.

Eu queria saber se havia inconveniência na compra de alguns troços miúdos que me faltavam. Não havia nenhuma.

— Dê as suas encomendas ao faxina. Até amanhã.

Entrei, e à porta ficaram capitão Mata e o sujeito das fitas. Lá dentro havia um aparelho sanitário, uma banheira, dois ou três chuveiros. Depois de me banhar, Mata substituiu-me — e passeei algum tempo no pátio, vigiado pelo guarda, vendo rapazes atirarem bolas a cestas presas ao muro. Em seguida regressamos à sala. Dei ao faxina uma pequena lista de coisas necessárias: papel, lápis, cuecas, lenços, fósforos, cigarros — muitos cigarros e fósforos, pois isto se consumia com grande rapidez. Pedi também um rolo de esparadrapo e iodo: um abscesso debaixo da unha do indicador começava a latejar e doer muito. E tentei acomodar-me àquela monotonia.

Cheguei uma cadeira à janela, mergulhei no romance de José Geraldo, consegui ler umas cinquenta páginas e entendê-las. Mas entendia pouco, a atenção fraquejava, os olhos se desviavam da folha para os dois canhões ornamentais. Além disso capitão Mata me interrompia com frequência oferecendo-me observações. Tinha entrado rapidamente em contato com soldados e oficiais, falando a gíria deles, usando truques do ofício, informara-se de casos que lhe pareciam interessantes e se apressava a comunicar-me. Sabia que Sebastião Hora, o advogado Nunes Leite e diversos operários se recolhiam numa prisão de sargentos, situada numa esquina próxima. O indivíduo preso na sala contígua à nossa era Xavier, tenente embrulhado em Maceió, com alguns inferiores do 20º Batalhão. Avizinhando-se do meu companheiro, estrelas e fitas – para mim símbolos mortos – num instante se humanizavam. Os rostos se abriam, sinais imperceptíveis ao observador comum traziam revelações. Por outro lado, certas arrogâncias passavam carrancudas no alpendre, atirando-nos de soslaio olhadelas rancorosas.

– Integralistas – afirmava seguro capitão Mata.

Admirava-me da conclusão precipitada e acabava admitindo-a. Eram possivelmente integralistas aqueles viventes miúdos, de rostos inexpressivos, quase microcéfalos. Esse caso me insinuou, a respeito da disciplina militar, uma opinião, talvez falsa, que ainda hoje conservo. Nela o rigor é superficial, imagino. Indispensável estarem os sapatos cuidadosamente engraxados, os fuzis brilhantes à custa de lixa e azeite, os colarinhos mais ou menos limpos, todos os botões metidos nas casas, os espinhaços tesos. As pernas direitas devem mover-se simultaneamente, depois as pernas esquerdas, e nenhum dedo se afasta dos outros na continência. É preciso olhar vinte passos em frente, e os passos, em conformidade com a marcha, têm o mesmo número de centímetros. Certo, há outros deveres, mas desse gênero, tendentes à mecanização do recruta. Decoradas certas fórmulas, aprendidos os movimentos indispensáveis, pode o soldado esquecer obrigações, até princípios morais aprendidos na vida civil. O essencial é ter aparência impecável. Desapareceu-lhe o cinturão? Falta grave, embora ele em vão remexa os miolos para saber como a desgraçada correia se sumiu. É obrigado a apresentar-se com ela na formatura. Com ela ou com outra qualquer. Nesse ponto convém desapertar, isto é, agarrar o cinturão do vizinho, que, sendo inábil, será punido, pois o maior defeito do soldado é ser besta. Desenvolvem-se a dissimulação, a hipocrisia, um servilismo que às vezes oculta desprezo ao superior, se este se revela incapaz de notar a fraude ou tacitamente lhe oferece conivência. As minhas observações foram completadas pelos informes do capitão Mata, que, percebendo-me a ignorância, desvendava paciente mistérios simples. Divergimos à hora do almoço, mas logo chegamos a acordo. Diante da bandeja, recuei: diabo, a comida era pavorosa, o comandante tinha razão. Impossível que na mesa dos oficiais pusessem aqueles pratos medonhos.

— Como não? — replicou Mata com a boca cheia. —A alimentação deles é esta, não tenha dúvida. E está muito boa.

Aconselhou-me depois seriamente a engolir aquilo, porque a abstinência poderia ser tomada como desfeita. Consentiu afinal em receber três quartos da minha ração, devorou tudo, enquanto me resignava a mastigar pedaços de carne preta desenxabida, o feijão preto, duas bananas pretas. De fato, ignoro se a boia era tão ruim como parecia: dois dias de jejum quase completo me embotavam o paladar: a garganta seca se contraía; difícil ingerir a massa desagradável.

— Isto deve ser rancho de tropa. Os oficiais não comem semelhante horror.

Novamente o meu companheiro dissentiu, e afirmou que estávamos sendo tratados com muita consideração. Passou a tarde recitando versos, contando anedotas, rindo, mexendo-se, cantarolando, abreviando as horas com a excessiva alegria desarrazoada. Aproveitava-me dos momentos de pausa folheando as brochuras. Decidi ler as três simultaneamente. Marcava a página lida com um fósforo e pegava outro volume. Decerto não havia ali complicações, mas achava-me cada vez mais obtuso, nem chegava a entender bem as pilhérias do capitão.

A noitinha, olhando o jantar, de novo me assaltou a repugnância. Nada me preocupava em excesso. Considerava o futuro, se não com serenidade, pelo menos com indiferença. Contudo o enorme fastio não findava e o apetite do capitão me produzia invencível enjoo. Vinha talvez daí a impossibilidade alarmante de fixar atenção na leitura. E a perda de memória também. As lembranças me apareciam juntas, confusas, sumiam-se de repente, deixando-me no interior dolorosos sulcos negros. Esses hiatos sucediam-se, afastavam-me da realidade, com certeza me davam ar esquisito e vago. Que estaria dizendo o capitão? Por que se animava e se mexia tanto? Ria-me às vezes como um idiota, alheio e distante, receando que ele percebesse a minha fraqueza mental. Além disso a vista escurecia, manchas dançavam-me diante dos olhos, dificultavam-me a leitura. Aquilo devia ser efeito da idade. Envelhecia, provavelmente envelhecia muito depressa. Quando me soltassem, ver-me-ia forçado a trabalhar com óculos. Trabalhar. Trabalhar em quê? Achava-me vazio, imprestável. Desânimo, burrice. Lá fora não conseguiria fazer nada.

capítulo 9

ESSES acontecimentos de três dias foram relatados mais ou menos em ordem, apesar de apresentarem falhas, os lugares surgirem imprecisos, as figuras não se destacarem bem no ambiente novo. A 6 de março, porém, íamos entrando na rotina — e daí em diante não me seria possível redigir uma narração continuada. Menciono a visita do comandante porque ela se tornou um hábito: pela manhã, antes de qualquer outra pessoa, esteve de pé um instante na sala, grave, digno, informou-se a respeito das nossas necessidades e de novo se referiu à comida má, no que foi contestado hipocritamente. Quando ele saiu, chegou capitão Lobo, como sempre aconteceu enquanto ali permanecemos, e renovou o passeio da mesa para a janela da janela para a mesa, a discutir, a pegar-me uma palavra e alargá-la, às vezes a ameaçar-me com a longa piteira. Foi nesse segundo encontro, suponho que me disse umas coisas duvidosas:

— Respeito as suas ideias, senhor. Não concordo com elas, mas respeito-as.

Olhei-o desconfiado e logo serenei. Tinha-me comprometido em excesso durante largos anos e nada valia tentar desdizer-me, ainda que tivesse este desejo. Desagradava-me pensar que aquele homem vinha falar-me com o intuito de extorquir uma confissão, mas desviei o pensamento malévolo. A sinceridade transparecia no rosto claro, no olhar um tanto vesgo, que se cravava na gente como prego, no gesto amplo. A piteira movia-se continuamente, parecia um martelo a fazer pontas em sílabas duras. Nenhuma razão para desconfiança.

— Quais são as minhas ideias? — sorri. — Ainda não me expliquei. Estamos a comentar as suas.

— Ora! Ora! Ora! — resmungou o capitão num tom indefinível.

E nada acrescentou. Escusavam-se explicações. A minha estada ali marcava-me. Sem alegar motivos, emprestavam-na certo número de qualidades e tendências. Poderiam, se quisessem, medi-las e pesá-las, mas contentavam-se com afirmações, pelo menos até aquele momento. Com certeza iriam especificar tudo e redigir um processo em regra. Por enquanto apenas a vaga censura, que propriamente nem tinha jeito de censura: uma interjeição repetida. O meu companheiro Mata ia muito além: confessava-me a sua ignorância em revolução (fora preso injustamente, não se cansava de afirmar isto), considerava-me um técnico neste assunto e pedia-me que o instruísse com rapidez. Se me acontecia alegar incompetência, achava-me discreto e modesto. Um fato nesse dia seis abalou-me, o único de que tenho lembrança clara. A hora do café abri um jornal do Recife e li, em telegrama do Rio, a notícia arrasadora: Prestes havia sido preso na véspera.

— Com todos os diabos!

Eu não tinha opinião firme a respeito desse homem. Acompanhara-o de longe em 1924, informara-me da viagem romântica pelo interior, daquele grande sonho, aparentemente frustrado. Um sonho, decerto: nenhum excesso de otimismo nos faria ver na marcha heroica finalidade imediata. Era como se percebêssemos na sombra um deslizar de fantasma ou sonâmbulo. Mas essa estranha figura de apóstolo disponível tinha os olhos muito abertos, examinava cuidadosamente a vida miserável das nossas populações rurais, ignorada pelos estadistas capengas que nos dominavam. Defendia-se com vigor, atacava de rijo; um magote de vagabundos em farrapos alvoroçava o exército, obrigado a recorrer aos batalhões patrióticos de Floro Bartolomeu, ao civismo de Lampião. Que significava aquilo? Um protesto, nada mais. Se por milagre a coluna alcançasse vitória, seria um desastre, pois nem ela própria sabia o que desejava. Sabia é que estava tudo errado e era indispensável fazer qualquer coisa. Já não era pouco essa rebeldia sem objetivo, numa terra de conformismo e usura, onde o funcionário se agarrava ao cargo como ostra, o comerciante e o industrial roíam sem pena o consumidor esbrugado, o operário se esfalfava à toa, o camponês aguentava todas as iniquidades, fatalista, sereno. Com certeza essa gente arregalava os olhos espantada — e nos de cima o espanto se mudava em ódio, nos de baixo começava a surgir uma indecisa esperança. Às portas das farmácias, nas vilas, discutiam-se com entusiasmo o caso extraordinário. Meu tio Abílio, matuto rude, proprietário de caminhões no alto sertão de Pernambuco, estivera uns dias a serviço dos revoltosos, lá para as bandas de Mariana. Assistira a combates, caíra numa emboscada, fugira precipitadamente, levando alguns defuntos no carro. Abílio me havia falado com ardor na disciplina, na ordem, no espírito de justiça que observara no bando foragido. O depoimento desse sertanejo bronco valia mais, para mim, que as tiradas ordeiras da imprensa livre, naturalmente interessada em conservar privilégios, fontes de chantagem, e pouco disposta a esclarecimentos perigosos.

Bom que alguns repórteres tivessem rodado nos carros de meu tio. Como isto não sucedera, pouco valiam as mofinas das gazetas. Aceitávamos, pois, as notícias orais, e estas começavam a envolver o guerrilheiro teimoso em prestígio e lenda.

Depois de marchas e contramarchas fatigantes, o exílio, anos de trabalho áspero. E quando, num golpe feliz, vários antigos companheiros assaltaram o poder e quiseram suborná-lo, o estranho homem recusava o poleiro, declarara-se abertamente pela revolução. Lembrava-me dos manifestos em que o lutador fugia às divagações estéreis, largava os aproveitadores, se dizia comunista, pronto a seguir para a União Soviética. Bem. Agora essa criatura singular, incapaz do retrocesso ou hesitação, possuía um roteiro – e, sem olhar atalhos e desvios, andaria seguro para a frente, insensível a estorvos e fadigas, sacrificando-se por inteiro e em consequência nenhum escrúpulo tendo em sacrificar os outros. A experiência obtida na marcha quixotesca muito lhe iria servir. Que desgosto causaria aos nossos governos apáticos e cegos quando se decidisse a entrar novamente em ação, dirigido por uma certeza?

De repente voltava; a Aliança Nacional Libertadora surgia, tinha uma vida efêmera em comícios, vacilava e apagava-se. Estaria essa política direita? Assaltavam-me dúvidas. Muito pequeno-burguês se inflamara, julgando a vitória assegurada, depois recuara. Provavelmente dedicações enérgicas iriam esfriar, amigos ardentes se transformariam depressa em rancorosos inimigos. Seria possível uma associação, embora contingente e passageira, entre as duas classes? Isso me parecia jogo perigoso. Os interesses da propriedade, grande ou pequena, a lançariam com certeza no campo do fascismo, quando esta miséria ganhava terreno em todo o mundo. Em geral a revolução era olhada com medo ou indiferença. Os habitantes da cidade contentavam-se com discursos idiotas, promessas irrealizáveis e artigos safados, animavam-se à toa e depressa desanimavam, seriam capazes de aplaudir demagogos como os que, no princípio do século, defendiam a peste bubônica, a febre amarela e a varíola; as populações da roça distanciavam-se enormemente do litoral e animalizavam-se na obediência ao coronel e a seu vigário, as duas autoridades incontrastáveis. Muitos anos seriam precisos para despertar essas massas enganadas, sonolentas — e a propaganda feita em alguns meses naturalmente fora escassa.

Organização precária. Agitação apenas, coisa superficial. Reuniões estorvadas pela polícia, folhas volantes, cartazes, inscrições em muros, pouco mais ou menos inúteis. Lembrava-me de um desses conselhos, negro, a piche: "índios, uni-vos." Nunca vi maior disparate, pois naquele arrabalde de capital pequena não vivia nenhum índio. Difícil que essas criaturas analfabetas, espalhadas nos cafundós de Mato Grosso e do Amazonas, tomassem conhecimento da legenda. E para que nos serviria a união dos índios, santo Deus? Absurdos semelhantes pressupunham desorientação. Também me parecia que certas palavras de ordem da Aliança Nacional Libertadora haviam sido lançadas precipitadamente. A divisão da terra, por exemplo, seria um desastre na zona de criação do nordeste. Aí a terra vale pouco e praticamente não tem dono; a riqueza é constituída por açudes, casas, currais, gado. O espaço que um animal necessita para alimentar-se na vegetação rala de cardo e favela que veste a planície queimada é enorme. E a madeira indispensável para estabelecer limites escasseia: as raras cercas são de ordinário feitas de ramos secos ou de pedras soltas. Quase nenhuma lavoura: apenas touceiras de milho peco, um triste feijoal e aboboreiras amarelando na vazante dos rios periódicos.

Se se oferecesse ao vaqueiro a divisão da terra, ele se alarmaria: o seu trabalho se tornaria impossível. E não podemos admitir, como se tem feito, o regime feudal nesses lugares: o que por lá existe é ainda o patriarcado bíblico. Concebendo essas restrições, tentava convencer-me de que estava em erro. Desejava que me demonstrassem isto: havia talvez falha num ou noutro pormenor, mas na generalidade isto se compensava e desaparecia. Esperava enfim um triunfo casual. Viera a derrota – e agora queria persuadir-me de que findara um episódio e a luta ia continuar. Certamente haveria mais precaução no desempenho do segundo ato. E aquele revés tinha sido conveniente, pois não existia probabilidade de se aguentar no Brasil uma revolução verdadeira. Se ela vencesse internamente, os nossos patrões do exterior fariam a intervenção. Uma escaramuça, portanto. Os ensinamentos adquiridos seriam úteis mais tarde. De qualquer modo era necessário que nos preparássemos. Incluindo-me nesse plural, intimamente me obrigava, embora me reconhecesse um soldado bem chinfrim, jogado à peleja em condições especiais. Realmente não me envolvera em nenhum barulho, limitara-me a conversas e escritas inofensivas, e imaginara ficar nisso. A convicção da própria insuficiência nos leva a essas abstenções; um mínimo de honestidade nos afasta de empresas que não podemos realizar direito. Mas as circunstâncias nos agarram, nos impõem deveres terríveis. Sem nenhuma preparação, ali me achava a embrenhar-me em dificuldades, prometendo mentalmente seguir o caminho que me parecia razoável.

Aquela notícia de poucas linhas num jornal do Recife me abalava. Ainda não dispunha de meios para avaliar com segurança a inteligência de Prestes: dois ou três manifestos, repreensões amargas aos antigos companheiros, eram insuficientes. Admirava-lhe, porém, a firmeza, a coragem, a dignidade. E sentia que essa grande força estivesse paralisada.

— Com os diabos!

Certamente outros iriam cair, as prisões se encheriam, a ditadura mal disfarçada que humilhava um congresso poltrão grimparia. Anos perdidos. E se a agressão fascista continuasse lá fora, teríamos aqui medonhas injustiças e muita safadeza.

capítulo 10

CAPITÃO Mata relacionou-se com a sentinela, um rapazinho, quase garoto, que gesticulava como um macaco e fazia caretas engraçadas. Chamava-se Leite. Resistiu uns dois dias, ouvindo, porém, a gíria da caserna, viu que não estava diante de um paisano, abrandou a desconfiança e entregou os pontos. A passagem de um oficial, entesava-se em demasia, com seriedade cômica. Em seguida examinava os arredores e, afastado o perigo, derreava-se, punha-se a conversar baixinho, como se monologasse. Atirava olhadelas maliciosas ao interlocutor e largava a informação, indiretamente, sem comprometer-se. Ao ser rendido, pilheriava com o substituto:

— Já sabe as ordens. pegar no sono e deixar que estes moços vão para casa; são inocentes, coitados.

Num arrependimento burlesco, emendava-se:

— Estou brincando. Tolice. Daqui não sai nem rato.

Afastava o médio e o indicador da mão esquerda, juntava a eles, em sentido contrário, o médio e o indicador da mão direita, formava uma grade, levava-a à altura dos olhos, para significar que estávamos isolados e era indispensável muito rigor na vigilância.

— Nem rato.

Num instante se militarizava, emproado. No dia seguinte escorregava de novo nos sussurros, familiar, fazendo momices e engolindo o riso. Aparentemente as nossas relações com o exterior findavam na soleira da porta.

— Daqui não saí nem rato.

Às vezes, porém, transpúnhamos essa linha divisória, e a sentinela não se mexia.

Foi o que sucedeu quando Sebastião Hora surgiu numa esquina próxima, de toalha ao ombro, em companhia de um soldado; subiu alguns degraus de cimento, obliquou num pátio miúdo, passou junto a nós. Saltamos a fronteira, pisamos no alpendre, desejosos de comunicar, mas Hora negou-nos a palavra, afastou-se em silêncio, grave, caminho do banheiro. Voltamos à gaiola, apreensivos. Que diabo seria aquilo? Discutimos, procuramos achar qualquer falta nossa que motivasse tal frieza, recusa a um cumprimento. Nada percebendo, entregamo-nos às pequenas distrações que se iam tornando hábitos e suavizavam a monotonia das horas longas. Embrenhei-me na leitura maquinal dos três volumes difíceis.

O faxina trouxe-me as encomendas, entre elas cuecas ordinárias, provavelmente iguais às usadas na caserna, duras como pau. Como vestir aquele suplício? Resignei-me. E decidi compor uma narrativa dos casos diários, contar a viagem a trem, a luz escassa do Recife, as noites de insônia, descrever a figura do capitão Lobo, que ia crescendo em demasia. Além das cuecas, agora havia papel, havia lápis. Mas a composição saía chocha, pingada, insignificante: as pontas dos lápis se quebravam a cada instante e era preciso recorrer aos canivetes do meu companheiro providencial. Bem. Os lápis diminuíam, pontudos e inúteis. Daquelas notas arrumadas com esforço grande não sairia uma história. Desinteresse: a inteligência baixava, era uma inteligência distraída, vagabunda, indolente. Valeria a pena excitá-la? Como? Se me fosse possível conseguir um pouco de álcool, talvez desse verossimilhança a Benon Maia Gomes, a Baptista, ao sujeito que mastigava torradas e comia os beiços.

O cigarro era insuficiente. Vivia a encher-me de fumaça e arrancava a custo algumas linhas por dia, em letrinhas acavaladas, economizando papel, utilizando o espaço todo para que o manuscrito fizesse um volume pequeno e pudesse esconder-se em momento de busca. A atenção se desviava do trabalho moroso, buscava o abscesso que se desenvolvia debaixo da unha do indicador.

Largando a literatura, ocupava-me horas num curativo desastrado com a tesourinha; o dedo, amarelo de nicotina, avermelhava-se de iodo, enrolava-se em esparadrapo. A secura da boca e a dormência do estômago desapareciam, o aspecto desagradável da comida já não me provocava náuseas. Tentei alimentar-me, venci a tontura, a memória ressurgiu, o nevoeiro mental se adelgaçou e as figuras em redor se destacaram. Mas a deficiência interior persistia, desânimo, indecisão e a certeza de que os papéis laboriosamente rabiscados não teriam préstimo. Além disso capitão Mata parecia multiplicar-se, não tinha um minuto de sossego – e em companhia dele era impossível concentrar-me. Ria, cantava, resolveu fazer também exercícios de composição literária. Como eu lhe censurasse um período cacofônico pelo excesso de *quês*, resolveu suprimir esta palavra. Com habilidade escreveu à mulher uma carta onde não havia um quê. Contava anedotas, declamava sonetos. Dizia a significação dos toques de corneta, explicava-me que, para fixá-los, os recrutas decoravam versos grotescos. Estes correspondiam à meia-volta:

Quantos dentes tem sagui na boca?

E também estes:

capítulo 11

Nunca vi mulher parir sem homem.

Havia alguns obscenos. Interrompia às vezes as facécias e ensombrava-se; afinal percebi que a corneta lhe produzia verdadeira inquietação. Estremecia ouvindo-a, traduzia-me a linguagem dela, depois serenava, escorregava na palestra, numa cantiga sem pé nem cabeça, repetida sempre. Justificava-se:

– A letra é idiota, mas gosto da música. Bonitinha.

Perturbava-se de novo, enrugava a cara, apreensivo:

– Chegou o major fiscal. Chegou o comandante da companhia.

Difícil imaginar porque o agitava a chegada do major fiscal ou do comandante da companhia. Não se tratava, porém, disso. E arrancando palavra aqui, palavra ali, notei a causa da ansiedade: Mata receava o aparecimento de um general no quartel. Apenas. Estranhei ver homem tão loquaz, tão alegre, amofinar-se à toa. Não havia razão, supus. Em seguida modifiquei o juízo. Para um capitão de polícia a vista de um general, em carne e osso, deve ser caso importante demais. As esferas, o regulamento, a ordem do dia esmagam o pequeno oficial deformado pela disciplina, e se este indivíduo se atarranta numa cela, tentando adivinhar os rumores externos e decifrar as gatimônias de uma sentinela condescendente, a imagem do superior enorme torna-se obsessão dolorosa. Essa autoridade invisível, remota, com um rápido mandado nos cortara a vida social, nos trancara, a nós e a Sebastião Hora, que a alguns passos mofava numa prisão de sargentos, com vários outros.

Começávamos a perceber que dependíamos exclusivamente da vontade desse cavalheiro. O interrogatório, as testemunhas, as formalidades comuns em processos não apareciam. Nem uma palavra de acusação. Permaneceríamos talvez assim. Com certeza havia motivo para nos segregarem, mas aquele silêncio nos espantava. Porque não figuramos em autos, não arranjavam depoimentos, embora falsos, num simulacro de justiça? Farsas, evidentemente, mas nelas ainda nos deixariam a possibilidade vaga de mexer-nos, enlear o promotor. Um tribunal safado sempre vale qualquer coisa, um juiz canalha hesita ao lançar uma sentença pulha: teme a opinião pública, em última análise o júri razoável. É esse medo que às vezes anula as perseguições. Não davam mostra de querer submeter-nos a julgamento. E era possível que já nos tivessem julgado e cumpríssemos pena, sem saber. Suprimiam-nos assim todos os direitos, os últimos vestígios deles. Desconhecíamos até o foro que nos sentenciava. Possivelmente operava nisso uma cabeça apenas: a do general. E capitão Mata, ouvindo a corneta, se alvoroçava.

Tentei convencê-lo e convencer-me de que não havia razão para sustos. A presença desse homem não nos poderia causar dano: dar-nos-ia algum esclarecimento. Falaríamos a uma pessoa educada, sem dúvida. No desembarque fôramos recebidos por um subalterno — e eu o tomara por oficial, tão cortês se revelara. Todas as manhãs recebíamos a visita do comandante e escutávamos, com ligeiras alterações, as mesmas palavras de amabilidade fria. Capitão Lobo continuava a divergir das minhas ideias, que nunca cheguei a mencionar. Também não consegui, entender bem as dele. Agradava-me, porém, vê-lo, sentir-lhe a franqueza meio rude, a voz clara, o gesto rápido e incisivo, no olhar agudo uma faísca a indicar tendência para descarrilamentos e doidices necessárias. Sob o alpendre passavam figuras rijas e automáticas. Mas as que tinham estado em contato conosco eram compreensivas e humanas. Até a sentinela, a criança galhofeira e estouvada que simulava uma grade com os dedos e resmungava "Daqui não sai nem rato." Até o faxina. Ao desembrulhar as encomendas, eu lhe pedira que aceitasse o troco. O rapaz recusara essa gorjeta sem se formalizar, sem me ofender. Se esses viventes se comportavam assim, por que recearíamos a presença de um general? Certamente o meu companheiro devaneava. Às vezes estava cantarolando:

— Onde vais tu, infante (falta um adjetivo), com teu fuzil a pelejar?

Uma estridência de corneta perturbava-o. E durante minutos, apreensivo, de cara amarrada, abandonava a canção, o almoço, o corte das unhas, os exercícios de estilo em que se esmerava em não usar partículas motivadoras de cacofonias. Eu buscava distraí-lo:

— *Quantos dentes tem sagui na boca?*

A verdade é que também principiava a inquietar-me. Tenho em geral uma espécie de indiferença auditiva, mas aquele desassossego me apanhava.

— Quem foi que chegou?

Não tinha sido ninguém. Era o rancho, o silêncio, a alvorada. Esses sons não tinham para mim nenhuma significação. E todos eles entravam a anunciar inimigos invisíveis.

capítulo 12

UM dia capitão Lobo entrou carrancudo e falou-me:

– O senhor ontem cometeu uma falta muito grave.

– Uma falta grave, capitão? – respondi aturdido. – Não entendo.

– Muito grave. Na sua chegada eu lhe disse que usasse o banheiro dos oficiais. O senhor ontem tomou banho no banheiro dos sargentos.

Era verdade, mas achei graça na repreensão e sosseguei:

– Ora, capitão! Foi essa a falta grave? Julguei que se tratasse de coisa séria, assustei-me.

O oficial acolheu minha resposta com indignação muda, repetiu depois o que havia dito, enérgico. Tentei justificar-me:

– Encontrei um banheiro ocupado e entrei noutro.

– O senhor não podia fazer isso.

Esforcei-me por manifestar que, no meu parecer, culpa seria utilizar um banheiro de categoria superior ao permitido a mim, um banheiro de generais, por exemplo; contentando-me com um de sargentos, não praticava nenhum ato censurável. Mas o meu parecer nada valia: responsabilizavam-me por uma infração, desenvolviam-na, e era inútil querer defender-me. Quanto mais me desculpava mais o capitão se arreliava. Evidentemente a minha resistência ofendia as normas. Em certo ponto, finda a paciência, bradou:

– Se o senhor fosse militar, seria punido e compreenderia o que fez.

– É possível.

– Dificuldade meter qualquer coisa na cabeça desses paisanos. – rosnou e em seguida propôs: – Se não está satisfeito aqui, posso arranjar-lhe transferência para uma prisão de sargentos.

– Obrigado, não se incomode.

Surpreendente nesse diálogo foi que de modo nenhum me susceptibilizei. Em geral me envergonhava por objeções vagas, qualquer dito que revelasse a mais leve censura me tocava melindres bestas. Talvez isso fosse consequência de brutalidades e castigos suportados na infância: encabulava sem motivo e andava a procurar intenções ocultas em gestos e palavras. O certo é que em tempo de adulto não me lembrava de ter ouvido semelhante linguagem. Pois o que ela me produziu foi um desejo enorme de rir. Achava-me em situação realmente singular, advertido como uma criança, e isto não me vexava, talvez por julgar aquilo estapafúrdio, talvez por estimar a franqueza nua. Se me falassem lá fora de tal maneira, provavelmente me zangaria, mas não sentiria o acanhamento que avermelha o rosto e esmorece o coração. De fato, o que mais nos choca não é a sinceridade, às vezes impertinente: é a arranhadela feita com mão de gato, a perfídia embrulhada num sorriso, a faca de dois gumes, alfinetes espalhados numa conversa. Agra não podia molestar-me.

Finda a surpresa, contida a explosão de riso motivada pela extravagância aparente, aceitei a reprimenda, considerei que devia existir uma razão para ela. Haveria bazófia nisso, vaidade por me alojarem perto da gente de cima? Creio que não: tinha ido misturar-me involuntariamente aos outros, arriscando-me a degradar-me. Essa degradação era convencional. De nenhum modo me supunha diminuído na companhia de sargentos. Numa prisão deles, a alguns passos de distância, agasalhavam-se um médico e um advogado – e seria tolice imaginar-me com mais direitos que esses homens. Ofereciam-me na verdade uma cela confortável, mas isto era casual e, para ser franco, nunca desejei conforto: suponho até que ele nos prejudica. Possivelmente eu devia essa vantagem, esse acidente, à influência de alguém desejoso de beneficiar-me: capitão Lobo, neste caso o despropósito dele era uma indicação. E também era presumível que, deixando-me na superfície algum tempo, quisessem dar-me um súbito mergulho nas profundidades, submeter-me a variações dolorosas. Mais tarde esta segunda hipótese pareceu confirmar-se, embora eu hesite em afirmar que na modificação operada tenha havido um desígnio. Provavelmente não houve: a nossa presunção é que nos leva a enxergar nos casos intuitos referentes a nós. Numa perseguição generalizada, éramos insignificâncias, miudezas supressas do organismo social, e podíamos ser arrastados para cima e para baixo, sem que isto representasse inconveniência. Informações vagas e distantes, aleivosias, o rancor de um inimigo, deturpações de fatos de repente nos causariam choques e mudanças. Dependíamos disso. E também dependíamos do humor dos nossos carcereiros. Aquele que me falava, irritado, era um homem justo:

– O senhor não podia fazer isso. Dificuldade meter qualquer coisa na cabeça desses paisanos.

Evidentemente eu me comportara mal: introduzira-me num lugar reservado a outros indivíduos, comprometera a ordem. Inútil argumentar que me reduzia por gosto: aquilo não me pertencia. E estava acabado – era como se eu tivesse agarrado o quepe ou o cinturão de um sargento. Com certeza foram essas considerações que me induziram a suportar resignado a objurgatória. Realmente ela viria de qualquer modo: a minha resignação tinha pouco valor, mas evitou-me constrangimento, ideias de revolta, ingratidão. Um homem justo.

– Se o senhor fosse militar, seria punido e compreenderia o que fez.

Esta frase, porém, se referia à justiça da tarimba, que prende um sujeito para convencê-lo. Garantiria eu que, fora daí, capitão Lobo era um homem justo? Não garantiria. Tanto quanto posso julgar, a justiça dele se assemelhava à de Benon Maia Gomes, à do bacharel José da Rocha, deputado e usineiro. Sem investigação, o primeiro desses cavalheiros me reprovara os intentos desordeiros; o segundo se afastara resmungando o fastio: "Comunista!" Desconhecendo-me o interior, capitão Lobo dissera: "Não concordo com as suas ideias, mas respeito-as." E mandara buscar em casa, para nós, roupa de cama e toalhas. Por que se capacitava ele de que eu merecia tanta condescendência? Juízo precipitado, como o do agrônomo e o do bacharel, embora as atitudes se dessemelhassem.

Se eu fosse um elemento pernicioso, haveria grande erro naquela generosidade. Na semana anterior ali se ignorava completamente a minha existência. Quem dizia que eu não me dedicava então a perigosos exercícios conspirativos? Nem eu próprio dizia isso: guardava silêncio, evitava defender-me de acusações imprecisas. Fora do regulamento, pois capitão Lobo se desviava da justiça. E era isso talvez que me prendia a ele; me fazia baixar a cabeça, sem me considerar humilhado, ouvindo-lhe os propósitos rabugentos. Desejo de ir além das aparências, tentar descobrir nas pessoas qualquer coisa imperceptível aos sentidos comuns. Compreensão de que as diferenças não constituem razão para nos afastarmos, nos odiarmos. Certeza de que não estamos certos, aptidão para enxergarmos pedaços de verdades nos absurdos mais claros. Necessidade de compreender, e se isto é impossível, a pura aceitação do pensamento alheio.

— Não concordo com as suas ideias, mas respeito-as.

Irreflexão discordar do que não foi expresso? Em todo o caso tolerância, uma admirável tolerância imprudente que, sem exame, tudo chega a admitir. Era o que me levava a admirar capitão Lobo. Isso e a suspeita de me achar diante de uma criatura singular. Observava-lhe a máscara expressiva, esforçava-me também por ultrapassá-la, divisar lá no íntimo embriões de atos generosos.

Pela manhã, de volta do banheiro, atravessando um corredor, avistamos o comandante em companhia de um homem alto, magro, sério. Enviamos-lhe um cumprimento, e ele nos deteve, nos apresentou:

— General, estes senhores...

Finda a apresentação, o homem alto pregou-me um olho irritado:

— Comunista, hem?

Atrapalhei-me e respondi:

— Não.

— Não? Comunista confesso.

— De forma nenhuma. Não confessei nada.

Espiou-me um instante, carrancudo, manifestou-se:

— Eu queria que o governo me desse permissão para mandar fuzilá-lo.

— Oh! General! — murmurei. — Pois não estou preso?

E calei-me prudente: o diabo da frase podia ser interpretada como um desafio, que eu não estava em condições de lançar. Felizmente o homem não ligou importância a ela, deu-me as costas, voltou-se para o meu companheiro e interrogou-o com dureza. Capitão Mata aprumou-se, declarou-se vítima de calúnias e perseguições, como tinha por hábito fazer.

De pijama e com a toalha ao ombro, a posição de sentido se tornava cômica.

— Ainda hei de provar a v. exa. que sou um bom patriota.

Estava ali um período conveniente, dos que devemos emitir num quartel. Não me aventuraria a semelhante declaração. Poderia julgar-me um bom patriota? Realmente nem me considerava patriota, seria desonestidade falar daquela maneira. Mas determinadas palavras acalmam determinados espíritos, sem que seja necessário demonstrar a veracidade delas. Capitão Mata nada referia como indício da virtude que se imputava: oferecia exibir provas no futuro. E isso bastou. O general, sem desenrugar a sobrancelha, apreciou devidamente a fala e a postura do acusado. Gastou mais algumas energias e afastou-se, digno, seguido pelo comandante. Foi pouco mais ou menos o que se deu, suponho. Tiramo-nos dali, entramos na gaiola, vagarosos e encabulados. Eu, por mim, ia com as orelhas pegando fogo.

— Puxa!

Capitão Mata, abalado, afirmava que me havia comportado lastimosamente. Ora essa! E por quê? Não era aquele o modo próprio de me dirigir a um general. De fato, eu ignorava tudo nessa matéria, mas convencia-me de não haver praticado nenhuma inconsideração. Afirmara não ser comunista — e dissera a verdade, estava fora do Partido. Se estivesse dentro, não iria confessar atividades ilegais, claro, mas não estava. Quanto ao mais, apenas aquela referência a um fuzilamento improvável. Ninguém tinha intenção de fuzilar-me, pois isto não representava nenhuma vantagem. Eu era bem insignificante e a minha morte passaria despercebida, não serviria de exemplo. E se me quisessem elevar depois de finado, isto seria talvez prejudicial à reação: dar-me-iam papel de mártir, emprestar-me-iam qualidades que nunca tive, úteis à propaganda, embrulhar-me-iam em folhetos clandestinos, mudar-me-iam em figura notável. Não, ninguém tinha interesse em fuzilar-me. Além disso, quando um vivente quer extinguir outro, não lhe vai revelar este desejo: extingue-o, se pode. Recurso ingênuo ameaçar as pessoas à toa, sem saber se elas se apavoram. No Brasil não havíamos atingido a sangueira pública. Até nos países inteiramente fascistas ela exigia aparência de legalidade, ainda se receava a opinião pública. Entre nós, execuções de aparato eram inexequíveis: a covardia oficial restringia-se a espancar, torturar prisioneiros, e de quando em quando se anunciavam suicídios misteriosos. Isso se aplicava a sujeitos mais ou menos comprometidos no barulho de 1935. Mas que diabo tinha eu com ele? Certamente não me pregariam agulhas nas unhas nem me fariam saltar de uma janela de andar alto. Quanto a mim, achava-me tranquilo. E não me recordava de haver piado uma sílaba que ofendesse a autoridade.

O meu companheiro julgava a minha observação a respeito do fuzilamento uma leviandade. Imaginativo, adicionava-lhe vocábulos não proferidos, dava-lhe inflexões que lhe proporcionavam sentido temerário. Divagava: seguramente aquilo teria consequências desagradáveis. Tolice. Decerto eu desconhecia a maneira de tratar com a farda: não deviam esperar que me apresentasse de mão na testa, espinhaço vertical, as pernas tesas. E se a minha última resposta encerrava alguma impertinência, isto pouco significava: o cidadão importante não lhe dera atenção: desviara-se, voltara-me as costas, fora ocupar-se em negócio diferente. Naquele jogo infantil de se mostrar papão, enferrujando a cara, engrossando a voz, talvez me considerasse mais ou menos fuzilado. Provavelmente se contentaria com isso. Tinha casos de vulto para resolver, e naquele momento as nossas fisionomias lhe desbotavam na memória. Não corríamos risco, era o que eu supunha. E não corremos, durante alguns dias tudo andou sem novidade.

Voltamos à rotina, comemos a boia de tabuleiro, recebemos as visitas do comandante, ouvimos as longas falas do capitão Lobo, tentamos encher as enfadonhas horas ocas amolando-nos reciprocamente. Lá embaixo, junto aos dois canhões, uma fila de soldados, de roupas leves, marchava; um tenente risonho, de apito, desenvolvia-se em gestos largos. No outro lado, no pátio interno, rapazes se esforçavam por jogar uma bola no cesto preso ao muro. E defronte dos banheiros, longe, esfumadas, abriam-se as goelas escuras das baias. A corneta soava, queria saber quantos dentes tem sagui na boca, e o amigo capitão Mata já não se alvoroçava com a pergunta. Findaram os sustos: agora não havia razão para temer que, entre coisas dessa espécie, ela anunciasse a presença de um general. A sentinela nos observava de esguelha, soltava remoques engraçados e, na ausência de testemunhas, cavaqueava num sussurro. O faxina vinha pedir-nos a lista de encomendas. A mala do capitão se abria, a agulha e o carretel de linha vinham à luz, um minuto se consumia na tarefa de repregar o botão solto de uma cueca. O meu indicador esquerdo supurava, coberto de iodo, pouco a pouco a unha se desprendia. Os três volumes, lidos a custo, diluíam-se no ramerrão do serviço, nas vozes de comando, nas estridências da meia-volta, do rancho, do silêncio.

Escrevi a lápis uma carta a minha mulher, renovando o pedido que lhe havia feito de enviar um conto a Buenos Aires. Permitiria o correio, obediente à censura, a exportação dessas letras? Era uma história repisada, com voltas infinitas em redor do mesmo ponto, literatura de peru. Como arte e como política valia bem pouco, mas talvez enxergassem nela dinamite. A crítica policial era tão estúpida que julgava a produção artística não pelo conteúdo, mas pelo nome do autor.

Eu vivera numa sombra razoável, quase anônimo: dois livros de fôlego curto haviam despertado fraco interesse e alguma condescendência desdenhosa. Era um rabiscador provinciano detestado na província, ignorado na metrópole. Iriam analisar-me os romances, condená-los, queimá-los, chamar para eles a atenção da massa? Ou lançar-me-iam, tacitamente culpado, no meio de criminosos, indivíduos que sempre desejei conhecer de perto? O mais provável era jogarem-me entre rebeldes de Natal, do 3° Regimento, da Escola de Aviação. De qualquer jeito me apresentariam sociedade nova, me proporcionariam elementos para redigir qualquer coisa menos inútil que os dois volumes chochos encalhados nas prateleiras dos editores. Essa afirmação presunçosa esbarrava com as dificuldades imensas que me surgiam quando buscava utilizar o papel trazido pelo faxina. Sempre compusera lentamente: sucedia-me ficar diante da folha muitas horas, sem conseguir desvanecer a treva mental, buscando em vão agarrar algumas ideias, limpá-las, vesti-las; agora tudo piorava, findara até esse desejo de torturar-me para arrancar do interior nebuloso meia dúzia de linhas. Sentia-me indiferente e murcho, incapaz de vencer uma preguiça enorme subitamente aparecida, a considerar baldos todos os esforços.

A minha decisão de traçar um diário encolhia-se, bambeava, sem nenhum estímulo fora ou dentro. Os fatos, repisados, banalizavam-se. Apenas quatro ou cinco sobressaíam, mas, ao dar-lhes forma, vi-os reduzidos, insignificantes. Difícil enxertar neles alguma circunstância que lhes desse relevo e brilho: saíam naturalmente apagados, chatos — e irremediáveis. Prosa de noticiarista vagabundo. Tropeços horríveis para alinhavar um simples comentário. Ora comentário! Se até a narração e o diálogo emperravam, certo não me iria meter em funduras. Havia chumbo na minha cabeça. E eu imaginara fabricar uma novela na cadeia, devagar, com método, página hoje, página amanhã. Lembrava-me da opinião lida anos antes sobre a arte dos criminosos, arte ruim. E vinham-me dúvidas. Seriam essas criaturas naturalmente insensíveis, brutas, lerdas? Talvez o cárcere lhes roubasse as energias, embotasse a inteligência e a sensibilidade.

capítulo 13

DEBRUÇADO à janela interna, vi Sebastião Hora e o advogado Nunes Leite deixarem a sala, atravessarem o pátio, entrarem numa espécie de secretaria, à esquerda. O primeiro ia bastante preocupado e não me avistou; o segundo chorava. Estranhei novamente a frieza de Hora, a indiferença ao aceno que lhe fiz, mas logo desviei a atenção para o homem que o acompanhava. Passou a um metro de distância e pude observá-lo. Eu nunca havia notado coisa assim, nem imaginava que alguém chorasse daquela maneira. Para bem dizer não havia lágrimas: era um borbotão a rolar no rosto, a cair na roupa, como se torneiras íntimas se houvessem relaxado, quisessem derramar todo o líquido do corpo. A luz forte do sol, o jato brilhava. Nenhum pudor, nem o gesto maquinal de pôr as mãos na cara, tentar esconder a imensa fraqueza. Um soluço, único soluço, uivo rouco; não subia nem descia; enquanto durou a passagem ressoou monótono, invariável: parecia que o homem não tomava fôlego.

Essa imagem de completo desespero me causou sombrio mal-estar. Desapareceu – e algum tempo o desgraçado queixume ainda me feriu os ouvidos, e diante dos olhos me ficou a máscara luminosa, que semelhava tênue camada de parafina. Não evitei uma sensação de repugnância e desprezo: difícil supor uma criatura humana a acovardar-se de semelhante jeito. Em seguida modifiquei e venci a reação molesta e acusei-me de precipitação: Nunes Leite devia estar doente, devia ser doente. Não era senão isso. O lençol de água a correr como fonte e o brado lamentoso indicavam desequilíbrio, pois não havia razão para tais excessos. Obrigavam-nos ao repouso, impossibilitavam-nos qualquer ação considerada prejudicial à ditadura. Só. Injustiça dizer que procediam duramente conosco. Tratavam-nos até muito bem. Excetuando-se a ameaça de fuzilamento, reduzível, com esforço e boa vontade, a um conselho enérgico, fórmula viva para nos reeducar, tudo corria numa chateação razoável. As caretas da sentinela, o serviço do faxina, o alimento desenxabido na hora certa, idas e vindas de oficiais no alpendre, os toques da corneta, as vozes de comando. Tudo se mexia como impulsionado por um aparelho de relógio, de algum modo nos mecanizava, tornava inconcebível aquela manifestação de dor furiosa. Anulando a sensaboria da caserna, as visitas de capitão Lobo nos mergulhavam numa onda de calor humano. Da janela do pátio, muitas vezes o víamos descer os degraus de cimento, entrar no cárcere vizinho. Com certeza aí gastaria meia hora nas suas viagens de cinco passos, desdobraria monólogos sisudos, agitaria a piteira, firme e condescendente.

– Não concordo com as suas ideias, mas respeito-as.

Vinha-me ao espírito a figura inquieta de Sebastião Hora, a desenvolver, loquaz, as suas convicções moderadas de presidente da Aliança Nacional Libertadora em Alagoas. A um canto, o advogado Nunes Leite se encolhia, isento de pensar, surdo à bondade áspera do capitão. Nem percebera a roupa de cama e as toalhas que ele mandara trazer. Um pobre vivente cheio de pavor. Ouvira falar decerto em fuzilamento, sentira as balas penetrarem-lhe a carne trêmula, o desmaiado coração. Agora, envolto em fria mortalha de medo, perdera a consciência, era um fantasma choroso e automático, sem dignidade.

Tive pena. Por que martirizavam aquele homem, santo Deus? Realmente não martirizavam, mas se o olhassem de perto, conhecer-lhe-iam o pavor, a morte na alma. Duas ou três palavras rápidas, a baldeação, o cheiro da caserna, a cor das paredes, ordens rápidas, sinais imperceptíveis, tinham ocasionado um desmoronamento. Isso pouco influía em tipos ordinários, mas desconchavava nervos demasiado sensíveis. Enfim, deviam perceber que estavam praticando uma iniquidade: o bacharel Nunes Leite não suportava a cadeia. Horrível sujeitar-se ao mesmo regime naturezas diversas. Capitão Mata nada sofria. Findos os sobressaltos produzidos pela corneta, manifestava alegria, dedicava-se a exercícios de composição literária, referia-se, ligeiramente vaidoso, aos meses de estágio no Rio, recitava-me sonetos e nenhuma preocupação lhe diminuía o apetite voraz. Diante do tabuleiro, expandia-se à vontade, como se estivesse em casa, e o tique nervoso dava-lhe aparência estranha. O riso lhe aprofundava uma ruga, e vinha-me a impressão de que ele se achava ao mesmo tempo zangado e satisfeito. Riso severo, enérgico. Em contraste, ali perto, um pobre ser esmagado, avizinhando-se da loucura. Um longo terror, um longo pranto, um longo gemido. Arrepiava-me comparando os dois, notando a ligeira punição de um e o tremendo castigo do outro. A administração pública não atenta nessas ninharias, tende a uniformizar as pessoas. Somos grãos que um moinho tritura — e ninguém quer saber se resistimos à mó ou se nos pulverizamos logo.

Finda a repulsão causada por aquele desabamento, pus-me a refletir sério na origem dele. Covardia apenas? Doença? Talvez houvesse ali coisa mais grave: a repentina supressão de uma certeza, mergulho na treva, impossibilidade de achar qualquer luz. O advogado Nunes Leite impetrara *habeas corpus* a favor de alguns presos políticos. Vistas as razões, etc., o juiz lançara no requerimento uma penada benigna. Em consequência, fugira, os suplicantes mofavam à sombra e Nunes Leite, embrulhado, necessitava *habeas corpus*. Recurso inútil, evidentemente: agora a toga não se arriscaria, considerando isto ou aquilo, a assinar um mandado de soltura. Seria irrisório pretender ela mandar qualquer coisa, mas essa reviravolta desorientava uma alma serena, habituada à petição, à audiência, ao despacho. Decerto as ordens sempre tinham sido aparentes: a judicatura servia de espantalho, e na farda havia muque bastante para desobediência. Apenas isto não convinha. E os atores representavam seus papéis, às vezes se identificavam com eles.

A repetição de minúcias, a sisudez, a lentidão, a redundância, a língua arcaica davam àquilo um ar de velhice e estabilidade. E Nunes Leite se sentia bem requerendo ao poder competente, ao colendo tribunal, ao meritíssimo juiz. Se essas coisas se houvessem dissolvido aos poucos, ele se acomodaria a novas formalidades legais, dirigir-se-ia a forças diversas, meritíssimas e colendas. Isto não se dera. Nunes Leite se movera entre firmes pedregulhos, julgara-os eternos; esses blocos não se haviam liquefeito: tinham-se evaporado – e ele se achava num deserto. A estampilha, a fórmula, as razões, necessidades venerandas, sumiam-se. Isto o desvairava. Uma prepotência desabusada surgira – e aluíam muralhas de papel. Como seria possível viver se se afastavam da vida o embargo, a diligência, a precatória? Como admitir o desrespeito a uma sentença? Quebra dos valores mais altos, cataclismo. Todos os caminhos fechados. E o infeliz soluçava, no desabamento da sua profissão. Impossível defender o direito de alguém. Propriamente, já não havia direito. A lei fora transgredida, a lei velha e sonolenta, imóvel carrancismo exposto em duros volumes redigidos em língua morta. Em substituição a isso, impunha-se uma lei verbal e móvel, indiferente aos textos, caprichosa, sujeita a erros, interesses e paixões. E depois? Que viria depois? O caos, provavelmente. Se os defensores da ordem a violavam, que devíamos esperar? Confusão e ruína. Desejando atacar a revolução, na verdade trabalhavam por ela. Era por isso talvez que o bacharel Nunes Leite chorava.

capítulo 14

MANDARAM-ME comparecer na sala à esquerda, situada em frente ao cárcere de Sebastião Hora e Nunes Leite. Vesti-me à pressa, num minuto me achei no pátio, amarrando a gravata, dirigi-me ao lugar que, por falta de termo próprio, batizei como uma espécie de secretaria. Entrei atarantadamente e divisei, no topo de uma mesa coberta de papéis, um moço de farda. Já me ia habituando aos distintivos: apesar de confuso, examinei as estrelas e percebi um capitão. Ofereceu-me uma cadeira, estendeu-me um envelope. Para que sentar-me, se apenas viera ali receber a correspondência? Desejei agradecer e conservar-me de pé, mas a semana de permanência naquele meio já me havia feito compreender que tais recusas significavam indisciplina. Executei o movimento exigido, recebi a carta, ia metê-la no bolso e levantar-me quando o rapaz me deteve com um gesto:

— Sou forçado a pedir-lhe que abra o envelope na minha presença.

— Perdão, perdão — murmurei atrapalhado, recebendo a espátula que ele me entregou. — Sem dúvida.

Obedeci, apresentei-lhe a folha de papel. Tomou-a, virou rapidamente para cima o lado branco, escondendo as letras. Volveu igualmente para o dorso algumas fotografias que se espalharam na mesa e desviou discretamente os olhos:

— Estou satisfeito. Desculpe. É uma formalidade.

Ergui-me, retirei-me com agradecido espanto, a duvidar um pouco dos olhos e dos ouvidos. Esquisito. Era realmente levar muito longe o ramerrão obrigar um sujeito a fazer qualquer coisa e logo afirmar que aquilo não tinha valor, era uma exigência à toa. Desperdício de tempo. Com semelhante proceder, chegaríamos a supor que ali não havia ocupação e se desmandavam inutilmente. Quereriam apenas dar-me a entender que me poderiam obrigar a comportar-me desta ou daquela maneira, sentar-me ou levantar-me, romper ou deixar intacto um sobrescrito? Não, seria um jogo tolo de gato com rato. Um gesto blandicioso de pata macia me indicava uma cadeira; de repente uma garra cor-de-rosa surgia na flacidez amável: "Sou forçado a pedir-lhe... Desculpe é uma formalidade." Aquilo não me entrava no entendimento. Poderiam julgar que no quadrilátero de vinte centímetros, de espessura insignificante, houvesse armas, dinamite ou veneno, disfarçados numa escrita e em pedaços de cartão? Se o bilhete e os retratos não despertavam curiosidade, parecia-me desnecessário exibi-los. Com tais exigências burocráticas desarrazoadas, a censura degenerava. Depois de tudo, ficava-me a certeza de que o funcionário dela incumbido era pessoa muito amável. Isto e nada mais.

— Faça o favor de sentar-se. Bem. Estou satisfeito. Desculpe. Formalidade.

Boa educação, perfeitamente, mas seria mais compreensível que ela se aplicasse em cargo produtivo. Daquele jeito, podiam fazer-me supor que lhe davam função parasitária. Embora o meu juízo não tivesse ali nenhum valor, o fato permanecia, e quem o observasse concordaria comigo. Quase me agastava por não ter o homem visto o recado de minha mulher, olhado as caras distantes que ela me enviava pelo correio. Nenhum dano me causaria tomarem conhecimento de algumas páginas destinadas a jornal ou revista de Buenos Aires. Talvez houvesse uma inconfessável e besta vaidade nisso, talvez o desejo pusilânime de mostrar que ali nada havia de comprometedor. Não tive, porém, consciência de semelhantes baixezas e menciono-as como possibilidades. Sei lá o que se passava no meu interior? Difícil sermos imparciais em casos desse gênero; naturalmente propendemos a justificar-nos, e é o exame do procedimento alheio que às vezes revela as nossas misérias íntimas, nos faz querer afastar-nos de nós mesmos, desgostosos, nos incita à correção aparente. Na verdade, vigiando-me sem cessar, livrava-me de exibir sentimentos indignos. Afirmaria, porém, que eles não existiam? Tudo lá dentro é confuso, ambíguo, contraditório, só os atos nos evidenciam, e surpreendemo-nos, quando menos esperamos, fazendo coisas e dizendo palavras que nos horrorizam. De fato, ainda não me assaltara o medo, faltava razão para isto; vinha-me, porém, às vezes o receio de experimentá-lo. Sensação angustiosa e absurda: medo de sentir medo. Aparentemente nada nos ameaça, estamos calmos; súbito nos chega uma inquietação que nos domina, cresce e nos dá suores frios: "Se um perigo surgir, de que modo me comportarei? Reagirei como um sujeito decente ou sucumbirei, trêmulo e acanalhado?" Resistimos a essa dolorosa incerteza fingindo segurança, que realmente conseguimos obter, falamos à toa, largamos opiniões temerárias. Bazófias. Pouco importa que nos julguem nocivos e nos conservem no isolamento. As nossas cogitações afastam-se daí, têm sentido muito diverso: "Revelei acaso fraqueza, conformismo? Pensarão que me quero vender?" Essa prostituição nos aterroriza – e o terror nos força a proceder de maneira razoável. Capitão Lobo é homem direito. Bem. Ficaríamos com ele se as nossas ideias não brigassem com as dele. Mas quais são as ideias de capitão Lobo? Temos certo número de ideias, firmes, e recusamos fórmulas desacreditadas. Boas há um século, hoje nada valem. Vendo-o, escutando-o, precisamos saber que ele está do outro lado e é consequentemente um inimigo. Percebendo-lhe a retidão, ficamos em guarda.

Decerto não refleti nisso ao voltar da secretaria, vendo nos cartões as figuras de pessoas de minha família e inteirando-me de notícias rápidas. O conto, vagabundo e mal escrito, havia sido enviado a Benjamin Garay, que, francamente, eu nem sabia quem era. Um indivíduo que se oferecera para lançar na Argentina negócios do Brasil. Quem diabo seria Benjamin Garay? Amolava-me em cartas amáveis, mas agora, se me visse a olhar a sentinela, as duas peças de artilharia que adornavam o portão, deixariam de escrever-me. Prudente e encolhido, referia-se a tradutores qualificados, supondo-me talvez bicho razoável, propenso à glória, à Academia. Certamente a prisão suprimiria Garay, os tipos qualificados, *etc.* Isso passara despercebido ao capitão que me afastara minutos antes com um gesto amável: "Formalidade". Por que era que ele havia procedido assim? Julgar-me-ia uma natureza plástica, moldável por qualquer político, qualquer general? Devia ser isso. Provavelmente não houvera ali somente a repetição enfadonha de gestos convencionais e palavras burocráticas. Percebera em mim um sujeito da sua classe, desviado, facilmente conversível, e resolvera ser cortês. A promessa de fuzilamento não era aplicável à situação: nem podia simular autoridade para semelhante exagero. Assim, enquanto eu me confundia, manejando a espátula, ele me observava, considerava-me inofensivo, provavelmente complicado por engano, indigno de fiscalização. Se houvesse notado um gesto suspeito, não afetaria condescendência: leria o papel, atento, rigoroso, buscando propósitos reservados nas mais simples notícias. Nada. Afastara os olhos, num desinteresse quase humilhante. Eu não era capaz de jogar bombas, sublevar quartéis. Estava ali apenas para dar ao burguês a impressão de que havia muitos elementos perniciosos e o capital corria perigo.

capítulo 15

CERTO dia capitão Lobo me comunicou:

— O senhor viaja amanhã.

— Para onde?

Hesitou um instante e respondeu:

— Não sei — depois corrigiu; — Não posso responder.

— Diga ao menos se é para o norte ou para o sul.

Recusou-me a informação e logo sugeriu:

— Veja a lista dos navios e o destino, homem. Abra um jornal.

— Muito obrigado. Enfim para qualquer parte vou bem. O que desejo é ir-me embora.

O oficial encarou-me ressentido:

— Não devia falar desse jeito. O senhor aqui tem amigos.

— Desculpe, capitão. Ofendi-o sem querer. Mas esse plural vem fora de propósito.

Ao cabo de alguns minutos, a conversa findou com uma proposta que me assombrou — e ainda me enche de espanto. Não a mencionaria se, anos atrás, num encontro inesperado, o homem estranho, já coronel grisalho, não a confirmasse, vago e indiferente, enquanto me censurava por me haverem fugido da memória as roupas de cama e as toalhas. Sem esse depoimento, não me abalançaria a narrar o caso singular. Difícil acreditarem nele, e talvez eu próprio chegasse a convencer-me de que tinha sido vítima de uma ilusão. Tento reproduzi-lo, ainda receoso, perguntando a mim mesmo se se deu aquela inverossimilhança. Cumpridas algumas formalidades, capitão Lobo despediu-se. Ao sair, estacou junto à mesa:

— Ia-me esquecendo: quero fazer-lhe um pedido.

Estranhei: não me achava em condições de ser-lhe útil em coisa nenhuma. Hesitou um instante e jogou-me de chofre este discurso:

— Bem. O tempo é curto para explicações e cerimônias. Trata-se disto: eu pus aí num banco algumas economias que não me fazem falta por enquanto. Ignoro as suas posses, mas sei que foi demitido inesperadamente. Caso as suas condições não sejam boas, eu lhe mostro daqui a pouco uma caderneta, o senhor põe num cheque a importância que necessita, eu assino e à tarde venho trazer-lhe o dinheiro. Convém?

Pedido realmente curioso: nunca me passara pela cabeça que alguém pudesse fazê-lo. Perturbei-me em excesso e no primeiro momento nem pude responder: tive a impressão de que me estavam a mistificar, julguei-me objeto de uma pilhéria cruel. Pouco a pouco me desengasguei, consegui enfim murmurar uma recusa chocha e um agradecimento rápido e sumido:

— Não preciso. Estou bem. Muito obrigado.

Ainda não me convencia de que o rapaz falara sério, a mesquinha ideia do logro continuava a perseguir-me.

— Não lhe estou oferecendo dinheiro — bradou capitão Lobo, adivinhando-me talvez o sentimento infeliz. — Não se oferece dinheiro a homem. Estou facilitando-lhe um empréstimo. E não é lá grande coisa, as minhas reservas são pequenas. Se aceita, o senhor mesmo determina, vê quanto lhe posso emprestar. Naturalmente não há prazo: paga-me lá fora quando se libertar. Sai logo, isso não há de ser nada. Também já estive preso e vivi no exílio: viajei num porão de São Paulo à Europa.

Foi pouco mais ou menos o que ele me disse. Tornei a agradecer e a recusar, as orelhas em fogo, na tremenda confusão que me causava a enorme surpresa. Teria realmente ouvido bem aquelas palavras? Apesar de se haverem prolongado longos instantes, entre pausas e gestos enérgicos, não me decidia a admiti-las; de fato eram claras, irrecusáveis, mas nos últimos dias ia-me habituando a perceber coisas aparentemente destituídas de senso. Achava-me atordoado, como se tivesse recebido um murro na cabeça, e só sabia repetir as mesmas frases curtas e insossas:

— Estou bem, não falta nada.

Ora essa! Muito obrigado. Não é necessário. Horrível mal-estar, o desejo inútil de arrancar do interior qualquer coisa, evitar ao homem a deplorável impressão que naturalmente lhe causava. Pedia a Deus que ele se retirasse logo, pusesse termo à situação embaraçosa. Deixar-lhe-ia recordação infeliz, sem dúvida. Grosseiro, descortês. Nem me ocorria um lugar-comum besta, recurso entorpecedor. Frequentemente me surgiam na alma sulcos negros, hiatos, e as ideias se embaralhavam, a fala esmorecia, trôpega; havia agora, porém, espessa névoa e, através dela, muito longe, uma figura confusa a apertar-me rijo a mão, a desaparecer no alpendre, com certeza julgando-me estúpido e ingrato. E achei-me só: a presença do meu companheiro não diminuiu a solidão; algum comentário dele acaso feito sobre aquela derradeira visita passou despercebido. Das afirmações do oficial uma, exposta dias consecutivos, verrumava-me o espírito, fora do assunto principal:

– Não há de ser nada.

Isto se repetira muitas vezes, tornara-se um refrão, intercalava-se, entre dois períodos afastados, e, habituando-me às palestras, era-me possível adivinhar, pelo movimento da piteira, interrupção da marcha no soalho, simples mover de beiças, que um silêncio iria quebrar-se deste jeito:

– Não há de ser nada.

Pouco me importava realmente o futuro, mas a alegre confiança, a amável insinuação de coragem, fazia-me sentir uma firmeza absurda. Mais absurda era aquela oferta largada ali de chofre, da mesa para a janela, da janela para a mesa, sem aviso, sem preparação. Considerei-a devagar, tentando recompor-me. Bem. Surgira como fato ordinário, entre gestos vulgares, no mesmo tom de voz com que, ainda na véspera, se emitiam conceitos mais ou menos agrestes sobre a questão social. Aparentemente não diferia dos sucessos normais: um ligeiro parêntese, logo encerrado, e regressamos à vida comum.

Vinte e quatro horas depois me enviariam para lugar distante, e o meu interlocutor pensaria no regulamento, no ofício, na ordem do dia. Esquecer-nos-íamos, era como se nunca nos houvéssemos visto. Cada qual para o seu lado, tratando de negócios diferentes, alimentando esperanças diferentes. Uma proposição insensata encaixada em diálogo curto, apenas. Conseguiria, porém, desembaraçar-me dela, misturá-la às amofinações da cadeia, aos toques de corneta e à vigília da sentinela, recuperar, depois de solto, os pequenos tédios e as pequenas alegrias, completamente livre? Não. Decerto não me libertaria de todo. Já ali começava a sentir uma nova prisão, mais séria que a outra, a confundir-me terrivelmente as ideias. Não imaginara poder testemunhar semelhante ação.

Pessimismo? De forma nenhuma. Não supunha os homens bons nem maus: julgava-os sofríveis, pouco mais ou menos razoáveis, naturalmente escravos dos seus interesses. Sem dúvida: uma razão miúda, variável com as circunstâncias e o egoísmo natural: dormir, comer, amar, reproduzir-se; um pouco acima disto, avaliar quadros e livros, inspirar respeito, mandar.

Ora, a minha observação daquela manhã era desarrazoada e prejudicial ao seu agente. Isto me causava dolorosa surpresa: chocava exames anteriores, contradizia opiniões firmes — e experimentei uma sensação molesta, devo ter involuntariamente malsinado a criatura que me abalava. Era possível então alguém proceder de tal maneira? Por quê? Não conseguia orientar-me, agarrar um móvel qualquer, justificar o disparate. Sem dúvida um homem que resolvia prejudicar-se em benefício de um estranho não estava no seu juízo perfeito. Razoável, normal, não me comportaria nunca de tal modo. Não me comportaria? Nem sequer imaginava que alguém pudesse ter aquele procedimento. E chocava-me em demasia ver a insensatez realizada por um cavalheiro grave afeito à regra, de aspereza firme e autoritária. Realmente nem me dera a impressão de oferecer: parecera determinar, comandar; a proposta louca tinha feição de ordem. Resguardara-me, é claro. Estava certo de que me seria impossível readaptar-me lá fora, achar trabalho, eximir-me da terrível dívida. Não me sobrecarregaria com tal peso, ainda que me privasse de cigarros. De forma nenhuma, porém, me considerava livre: uma ideia nova me verrumava, brigava com outras ideias, e isto era intolerável. A quanto subiria o empréstimo? Pouco importava saber. Pequeno ou grande, consumado ou não, abalava-me noções que pareciam seguras. Por que se tinha dado aquilo? Se eu vestisse farda, pensasse em conformidade com o regulamento, andasse olhando vinte passos em frente, vertical, na cadência — um, dois, um, dois... — o caso teria explicação, duvidosa, mas enfim poderia ter explicação. As conveniências de um grupo social conduzem às vezes um indivíduo a sacrifícios. Eu não vestia farda, esquecera a exígua disciplina formal e desatenta adquirida em alguns meses, varrera da memória alguns conceitos mal entrevistos, já não saberia desmontar as peças de um fuzil, ensurdecera ao mais simples toque de corneta e, enquanto o oficial rigoroso, de vinco na testa e olho fixo, media com pernadas iguais metade da sala, arriava-me bambo junto à mesa, firmava-me ora numa perna, ora noutra, o espinhaço curvo.

Capitão Lobo usava uma língua diferente da minha – e enquanto repisava o discurso, martelando a expressão, limitava-me a atiçar o monólogo com alguma frase desfavorável, sorrir, contrariá-lo com movimentos de cabeça. Não me ocorrera apoiá-lo. Aceitava-lhe um reparo e negava a conclusão. Natural que ele me odiasse. Estávamos em polos opostos, era como se pertencêssemos a espécies diversas. Espécies diversas? Isto não é uma razão. Gostamos de um gato, de um cachorro, de um papagaio, mas não suportaríamos esses bichos se eles pensassem de maneira diferente da nossa. Sei bem que sou ilógico, pois o pensamento é consequência; a consequência tornou-se causa, leva-me a proceder desta ou daquela maneira, desejar mortandades. Se o capitalista fosse um bruto, eu o toleraria. Aflige-me é perceber nele uma inteligência, uma inteligência safada que aluga outras inteligências canalhas. Esforço-me por alinhavar esta prosa lenta, sairá daí um lucro, embora escasso – e este lucro fortalecerá pessoas que tentam oprimir-me. É o que me atormenta. Não é o fato de ser oprimido: é saber que a opressão se erigiu em sistema. O general manifestara desgosto por não poder fuzilar-me: revelara fraqueza. Se ele embirrasse comigo e quisesse matar-me, comportar-se-ia animalmente, honestamente. Não embirrara, deixara-se levar por informações, obedecera às conveniências da classe detestada. Tinha uma consciência, e isto nos incompatibilizava. Era inegável, porém, que ele procedia consequentemente e não devia espantar-me. Numa explosão de franqueza, expusera um intuito irrealizável certamente escondido em numerosos espíritos.

Não acharíamos em capitão Lobo semelhante candura. Pessoa educada, embora vivendo a aspereza da caserna, abafaria propósitos violentos: queria talvez ver-me fuzilado sem espalhafato. Improvável achar disposições diversas num militar, esteio da ordem. Generais e capitães com certeza julgariam indispensáveis a rápida sentença obscura, o pelotão fúnebre, um corpo a cair junto a um muro. Iniquidade? Não se trata disso. O exemplo é necessário, a prisão serve de prova, pelo menos é indício forte, e a opinião pública se contenta com as aparências. Infelizmente não havia a pena de morte – e o general se lastimava por não conseguir usá-la a torto e a direito. Aquela derradeira entrevista me desconcertava. Contentar-me-ia se percebesse no capitão Lobo indiferença. As vezes ela nos chega como um favor. Se um indivíduo está em condições de nos causar dano e passa distraído, finge não nos enxergar, revela boa índole e agradecemos a desatenção. Esforçamo-nos por tornar-nos imperceptíveis: só assim temos probabilidade de evitar perigos. Não me havia esquivado. Ouvira os solilóquios do capitão e discordara; censuras imprecisas tinham ficado sem resposta. Como não se formulava acusação regular, era impossível defender-me; pusilanimidade inútil viver a declarar-me vítima; em consequência, encorpavam suspeitas vagas, talvez me responsabilizassem pelos motins do ano anterior.

Pois no momento de se despedir o homem seco me lançava a proposta alarmante. Não me cansava de examiná-la, revirá-la por todos os lados, sem alcançar entrever nela vestígio de senso comum. Um cidadão aparentemente normal decidia ferir os seus interesses e, coisa mais grave, os interesses da sua classe, envoltos em mantos sagrados. Obrigara-se a defender isso, por meios pacíficos ou com armas. Em tempo ordinário bastavam as paradas, tanques a rolar, discursos patrióticos, exibição de força; se, apesar de tudo, surgiam descontentamentos, alguns sacrifícios se tornavam indispensáveis. O general estava certo. Para isso nós lhe pagávamos. Sem dúvida, arruinando os músculos ou espremendo o cérebro, largávamos a contribuição, dávamos sangue ao Estado, à tropa. E não devíamos esperar procedimento diverso.

Capitão Lobo, portanto, fugia ao preceito. De certo modo havia no caso uma espécie de deserção. Impossível explicá-la. Se ele condenava as minhas ideias, sem conhecê-las direito, por que me trazia aquele apoio incoerente? Insolência e brutalidade com certeza me atiçariam ódio, mas seriam compreensíveis, e nada pior que nos encontrarmos diante de uma situação inexplicável. Admitimos certo número de princípios, julgamo-los firmes, notamos de repente uma falha neles – e as coisas não se passam como havíamos previsto: passam-se de modo contrário. A exceção nos atrapalha, temos de reformar julgamentos. Qual seria a razão daquilo? Afinal, aceitamos as defecções. Conflitos internos, zangas, ressentimentos levam muitas vezes um indivíduo a combater os amigos da véspera. Difícil era conceber que alguém se despojasse voluntariamente, em benefício de um adversário. Essa renúncia da propriedade me entontecia. Metemo-nos em briga política, afrontamos a polícia, berramos nos *meetings* e, se uma bala nos alcança, arriamos na padiola, entramos no hospital, aos solavancos, possivelmente no cemitério. Está certo. A nossa vida não tem muito valor, às vezes se encrenca e desejamos a morte; faltando-nos coragem para o suicídio, exibimos outra forma de coragem; queremos desaparecer: é uma perda individual. Mas ninguém, de senso perfeito, joga fora os seus bens, pois nisto repousa o organismo social – e o sacrifício constitui prejuízo coletivo. Afinal, capitão Lobo devia ser muito mais revolucionário que eu. Tinha-me alargado em conversas no café, dissera cobras e lagartos do fascismo, escrevera algumas histórias. Apenas. Conservara-me na superfície, nunca fizera à ordem ataque sério, realmente era um diletante.

O oferecimento do oficial tinha sentido mais profundo: revelava, talvez, que a classe dominante começava a desagregar-se, queria findar. Não me chegavam, porém, tais considerações. Achava-me diante de uma incrível apostasia, não me cansava de admirá-la, arrumava no interior palavras de agradecimento que não tinha sabido expressar. Realmente a desgraça nos ensina muito: sem ela, eu continuaria a julgar a humanidade incapaz de verdadeira nobreza. Eu passara a vida a considerar todos os bichos egoístas e ali me surgia uma sensibilidade curiosa, diferente das outras, pelo menos uma nova aplicação do egoísmo, vista na fábula, mas nunca percebida na realidade. Para descobri-la, não era muito aguentar algumas semanas de cadeia. Seriam apenas algumas semanas?

O tempo corria; a sentinela continuava firme, encostada ao fuzil; agora me comunicavam de supetão uma viagem. De qualquer forma valia a pena a experiência. O diabo é que, se me decidisse a narrar por miúdo a conversa do capitão, tachar-me-iam de fantasista. Ou dar-me-iam crédito indivíduos que andassem no mundo da lua, idiotas ou românticos.

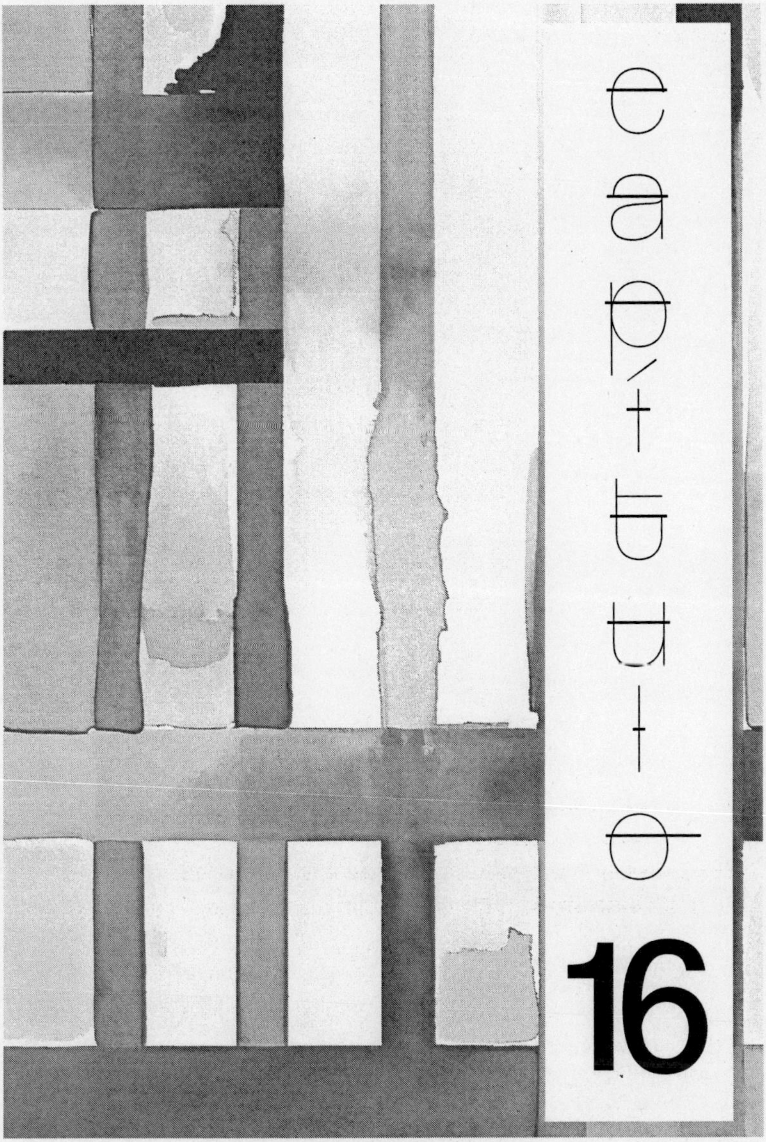

capítulo 16

CAPITÃO Mata consultou o jornal, estudou o movimento do porto e decidiu que viajaríamos para o sul. Insensatez. Tinham-nos jogado para o norte; de repente, sem razão concebível, atiravam-nos em sentido contrário. Corridas de automóvel, doze horas a rolar num trem, quinze dias de repouso forçado para ouvir as ameaças de um general. E meia-volta: andar para o sul, depois de ter andado para o norte. Ausência de interrogatório, nenhum vestígio de processos. Por que se comportavam daquele jeito? Pareciam querer apenas demonstrar-nos que podiam deixar-nos em repouso, em seguida enviar-nos para um lado ou para outro. Exatamente como se estacássemos no exercício militar, depois volvêssemos à direita ou à esquerda, em obediência à voz do instrutor. Por que à direita? Por que à esquerda? O sargento não sabe: indicou uma direção por ser preciso variar: fazia dois minutos que marchávamos em linha reta e não devíamos continuar assim, indefinidamente. Haverá proceder mais estúpido? Estúpido, na verdade. Mas não tencionam apenas revelar-nos a própria estupidez: querem possivelmente forçar-nos a entender que nos podem tornar estúpidos, executar ações inúteis, divagar como loucos, ir andando certo e sem mais nem mais torcer caminho, mergulhar os pés num atoleiro. Um, dois, um, dois. Se as nossas cabeças funcionavam, é bom que deixem de funcionar e nos transformemos em autômatos: um, dois, um, dois. Dentro em pouco o sargento exigirá meia-volta e tornaremos – um, dois, um, dois... – a meter os sapatos na lama. Ou reclamará marcha acelerada. Não perceberemos o sentido dela, naturalmente, mas teremos de executá-la, pois isto é a nossa obrigação. Claro. Não estamos aqui para discutir. Temos superiores, eles pensarão por nós. Talvez não pensem, mas é como se pensassem: as estrelas, a voz grossa, de papo, bobagens ditas a repórteres em doidas entrevistas, emprestam-lhes autoridade.

Afinal íamos ser transferidos para o sul. Que lugar nos destinavam? Rio de Janeiro, Bahia, São Paulo? Ou qualquer cidadezinha do interior? Quando lhes desse na veneta, mandar-nos-iam fazer meia-volta, desembarcar-nos-iam no Amazonas, obrigar-nos-iam à convivência dos jacarés. Nenhuma lógica nessas reviravoltas, nenhum senso. Arranha-céus ou seringueiras e tartarugas. Estúpido. Nada nos chamava ali ou acolá. Os nossos interesses se fixavam no Nordeste, o sangue e as observações – os filhos, a terra plana, poeirenta e infecunda. Tudo pobre. Não seria mais conveniente obrigarem-nos a cavar açudes ou ensinar bê-a-bá aos meninos empalamados? Os nossos músculos renderiam pouco, os nossos cérebros entorpecidos eram como limões secos; com esforço espremeríamos da carne e dos nervos alguma coisa – e enfim teríamos a certeza de não sermos uns miseráveis parasitas imóveis. Onde estava a nossa utilidade? Para que servíamos? Saltar da cama pela manhã, escovar os dentes, pentear os cabelos, ouvir dois minutos em pé o interrogatório do comandante, dar as respostas adequadas; em seguida papaguear meia hora com o excelente capitão Lobo, contrariá-lo. Que proveito achavam nisso? Lá fora tínhamos funções, representávamos de qualquer modo certo valor. Pelo menos julgávamos representar.

Agora nos faltava o mínimo préstimo, e o pior é que sabíamos isto. Arrastávamos as pernas ociosas; uma vez por dia deixávamos a gaiola, – um, dois, um, dois – alcançávamos o banheiro, o limite do mundo; regressávamos à sonolência e à imobilidade. Conversas repetidas, graças e anedotas repetidas, o abandono de hábitos sociais indispensáveis. Permaneceremos civilizados vestindo pijama, calçando chinelos, deixando a barba crescer, palitando os dentes com fósforo? Pouco a pouco vamos caindo no relaxamento. Erguemos a voz, embrutecemos, involuntariamente expomos a rudeza natural. Ignoramos que isto acontece, suprimem-nos meios de comparação – e quando voltarmos estaremos transformados. Afinal a transferência não era ruim: quebrava a monotonia.

Uma viagem ao sul por conta do governo. Quando me soltassem, aguentar-me-ia na cidade grande, readaptar-me-ia, mudaria de ofício no fim da vida. Afirmava isto a mim mesmo sem muita convicção, tentando inocular-me gotas de confiança. Um governador de Alagoas me dissera anos atrás:

– Você. escrevendo literatura de ficção, morre de fome. Os romances lhe renderão duzentos mil-réis por mês. Faça artigos sobre economia e ganhará contos.

É verdade que esse amigo se dedicara à mamona, ao algodão, às galinhas, enchera com estatística diversas resmas – e isto lhe trouxera escassa vantagem. Não me capacitava de que as letras dele fossem bem pagas, na livraria ou no jornal, mas as minhas deviam ser mais baratas. Duzentos mil-réis por mês, bela perspectiva. Dois romances quase desconhecidos, o terceiro inédito, um conto, vários produtos inferiores – de fato, isso me daria duzentos mil-réis mensais. E não me sentia capaz de progresso; talvez nem chegasse a fazer coisa igual. Esforçava-me por julgar que a mudança me desentorpeceria, me sacudiria. Ao cabo de vinte e quatro horas achar-me-ia alojado na segunda classe. Haviam-nos tratado bem até aquele momento: o vagão-restaurante da Great Western, automóveis, uma prisão de oficiais, gestos e palavras corteses. Era como se fôssemos sujeitos importantes. Mas certamente havia equívoco na classificação: perceberiam que não estávamos no lugar próprio e mandar-nos-iam descer um degrau. Pensava assim e resistia em convencer-me de qualquer rebaixamento: nenhum motivo para não nos darem um camarote de primeira classe.

As minhas reflexões sobre esse ponto foram interrompidas por uma bola de papel que, arremessada por cima do tabique, veio cair no meio do quarto. Apanhamo-la, abrimo-la, desamarrotamo-la: uma carta enviada pelo oficial preso na saleta vizinha. Poderíamos dar resposta? Vieram-me escrúpulos: tínhamos combinado, logo ao amanhecer da vida nova, não falar ao homem detido além da parede baixa, certamente cumprindo pena disciplinar. Nenhuma relação haveria entre nós, claro: a promessa nada me custava. Ignorava o nome dele, a figura, o sentimento e o pensamento. Por que infringiria o convênio? Tínhamos ficado em silêncio duas semanas, indiferentes ao que sucedia ali perto, a alguns passos. Súbito nos chegava um apelo: alguém sentia o peso da solidão e, pressentindo a nossa partida, esvaziava o espírito numa folha de papel, desordenadamente. Numerosos lugares-comuns a respeito da liberdade. A que liberdade aludia Xavier? Era tenente do exército e chamava-se Xavier. Referir-se-ia à liberdade, em geral, ou pensaria na dele próprio, encolhida em alguns metros de soalho, olhos vigiando portas e janelas? A comunicação era bastante vaga. Relendo-a, julguei perceber que estávamos embrulhados pelas mesmas razões. Desumanidade e grosseria deixar de enviar algumas linhas ao rapaz. Refletindo, lembrei-me de que não nos tínhamos obrigado. Capitão Lobo apenas afirmara que nos comprometíamos. Uma ordem, somente. Se decidíssemos transgredi-la? De qualquer modo havia acordo tácito – e aí notei pela primeira vez um dos horrores sutis em que é fértil a cadeia: pretendem forçar-nos, sob palavra, a ser covardes. A princípio não distinguimos a cilada.

– Está ali um sujeito com "quem o senhor não se pode entender."

– Perfeitamente.

Aceitamos a imposição sem divisar nenhuma inconveniência. Mais tarde um infeliz nos abre a alma e hesitamos em solidarizar-nos com ele. Haverá maior covardia? Obedeceremos à frase a que não demos a necessária atenção ou escutaremos a voz interior? Naquele caso, para ser franco, não existiu em mim voz interior. E, além da primeira interdição, duas outras me vieram impossibilitar a correspondência com Xavier. Que espécie de resposta lhe daria? A literatura dele, confusa, estendia-se em conceitos banais, polvilhados de patriotismo. Naturalmente essa verbiagem não achava ressonância cá dentro, pois tenho horror aos patriotas, aos hinos e aos toques de corneta. Sem dúvida essas coisas são indispensáveis, por enquanto, mas isto não me levava a gostar delas.

Horríveis. Enorme preguiça me endurecia a munheca; a burrice persistia; desânimo, longos bocejos; a leitura emperrava, entre cochilos; as observações das notas chochas pingavam a custo, pareciam mijadinhas blenorrágicas. Ora, nesse estado, não me seria fácil garatujar chavões em bilhetes. O derradeiro impedimento se ligava à prudência. Quem seria Xavier?

Segundo o escrito, um indivíduo atrapalhado por ideais semelhantes aos meus. Mas esses ideais não se especificavam e talvez nem existissem nele.

Existiriam em mim? Não sou de ideais, aborreço empolas. O que eu desejava era a morte do capitalismo, o fim da exploração. Ideal? De forma nenhuma. Coisa inevitável e presente: o caruncho roía esteios e vigas da propriedade, de pouco serviam os meus livros e as divagações de Xavier. De qualquer maneira rebentaria uma revolução de todos os demônios, seríamos engolidos por ela. Haveria, porém, a certeza de que o vizinho pensava nisso, esperava o cataclismo? Não havia: tratava-se de um patriota, e essa gente me inspira desconfiança. Se o tenente estivesse ali para fiscalizar-me, apanhar-me em falta? Se lhe houvessem ditado a carta e aguardassem o nosso comportamento, além do tabique? Por esses motivos ou por outros ignorados, achava-me indisposto a confabular.

Em capitão Mata não havia os mesmos receios, as mesmas inibições. Pessoa de caserna, devia saber que a ordem se contenta com as aparências. Se ele fosse apanhado em flagrante, certo não conseguiria eximir-se da culpa; operando à socapa, com mão de gato, era como se a culpa não existisse. As obrigações não passavam de formalidades: tolice exagerá-las, transformá-las em casos de consciência. Além disso, capitão Mata escrevia com rapidez notável, admitia sem aversão a prosa de Xavier e, usando linguagem mais ou menos correta, disfarçava perfeitamente a vacuidade dos períodos sonoros. Afinal conhecia o rapaz, se não me engano, e o temor de perfídia se eliminava. O certo é que abriu a mala, apanhou o bloco de papel e forjou uma regular mensagem, com boa dose de entusiasmo e civismo. Direitinho um orador de comício.

Introduziu a lengalenga por baixo da porta. Minutos depois recebemos uma réplica sem pé nem cabeça. E assim decorreu o dia: bilhetes de um lado para o outro. A sentinela se distraía observando a inofensiva brincadeira. Se um intruso surgisse no alpendre, ela daria aviso. Evidentemente a proibição só se fizera para ser violada.

capítulo 17

CHAMARAM-NOS, ingressamos na confusão dos corredores, subimos, descemos, viramos esquinas, chegamos ao portão do quartel, juntamo-nos aos nossos vizinhos da prisão dos sargentos. Apenas reconheci dois: Sebastião Hora, bastante apreensivo, e Manuel Leal, empregado no balcão de dona Maroca Prado no meu tempo de colégio, depois caixeiro-viajante, um rapaz moreno, de olhos vivos, arrasado em poucos anos. Essa criatura tivera negócio comigo em época de prosperidade; sumira-se e, ao cabo de longa ausência, reaparecia, com rugas e cabelos brancos, em medonha decadência, transportando a bagagem pesada. Examinei o resto do grupo, notei a falta do advogado Nunes Leite. Bem, certamente haviam percebido que a dureza do regime carcerário não convinha a natureza tão sensível. Chamou-me a atenção um negro coberto de calombos, que se espalhavam nas mãos, no rosto luzidio, davam ao sujeito a aparência de um pé de jabuticaba.

As outras figuras passaram despercebidas: com certeza me achava preocupado, incapaz de observar direito.

À saída fizeram-nos entrar num caminhão, onde se arrumavam caixotes, as nossas maletas, numerosos troços miúdos. Os oficiais, os automóveis de luxo, as conversas amáveis tinham-se evaporado. Dávamos um salto para baixo, sem dúvida, mas por muito que sondasse o terreno, não me era possível adivinhar onde iríamos cair. A nossa escolta se compunha de tipos silenciosos, mal-encarados. Não vi as divisas do comandante; devia ser cabo: naquela mistura de homens, trouxas e caixões, aos solavancos, espremidos como galinhas em jacás, não seríamos confiados a sargento. Alguns presos bazofiavam, riam, procurando ambientar-se; os risos e as bazófias esmoreciam, sem ressonância, dominados pelo barulho do motor; as pilhérias tinham estridências lúgubres.

Partimos. Ignoro se chegamos logo ao destino, se nos demoramos a rolar nas ruas estreitas, que não nos despertavam curiosidade. Certamente ninguém se lembrava de observar o trajeto e consultar relógio. Tínhamos vivido num quartel do exército, separados: talvez nos houvessem oferecido tratamento diverso para semear discórdia. Reuniam-nos agora, transferiam-nos à polícia — e os ressentimentos iam explodir. Devia ser essa a razão do afastamento, embora só a tenhamos percebido muito depois. Naquela hora, sacolejados no carro de molas duras, entre fuzis ameaçadores e carrancas, éramos um pequeno rebanho apático. A vontade e o entendimento murchavam; ditos espaçados, vestígios da ruidosa despreocupação do começo, soavam falsos como rachar de vidros.

Alcançamos o porto, descemos, segurando maletas e pacotes, alinhamo-nos e, entre filas de guardas, invadimos um navio atracado, percorremos o convés, chegamos ao escotilhão da popa, mergulhamos numa escadinha. Tinha-me atarantado e era o último da fila. Ao pisar o primeiro degrau, senti um objeto roçar-me as costas: voltei-me, dei de cara com um negro fornido que me dirigia uma pistola *parabellum*. Busquei evitar o contato, desviei-me; o tipo avançou a arma, encostou-me ao peito o cano longo, o dedo no gatilho. Certamente não dispararia à toa: a exposição besta de força tinha por fim causar medo, radicalmente não diferia das ameaças do general. Ridículo e vergonhoso. Um instante duvidei dos meus olhos, julguei-me vítima de alucinação. O ferro tocava-me as costelas, impelia-me, os bugalhos vermelhos do miserável endureciam-se, estúpidos. Em casos semelhantes a surpresa nem nos deixa conhecer o perigo: experimentamos raiva fria e impotente, desejamos fugir à humilhação e nenhuma saída nos aparece. Temos de morder os beiços e baixar a cabeça, engolir a afronta. Nunca nos vimos assim entalados, ainda na véspera estávamos longe de supor que tal fato ocorresse. O absurdo se realiza e não vamos discuti-lo. Irrisório, na verdade. No atordoamento, no assombro imenso, temos a impressão de que não nos toca a roupa um tubo de aço, mas um pouco de lama. Exatamente: lama. Aquilo decorreu num ápice: o tempo necessário para voltar-me, enxergar o instrumento, a cara tisnada e obtusa, procurar afugentar a intimidação, verificar a inutilidade do gesto, virar-me de novo. Alguns segundos. Avancei, um bolo na garganta, o coração a estalar, venci a pequena distância que me separava dos companheiros. Chegamos ao fim da escada, paramos à entrada de um porão, mas durante minutos não compreendi onde me achava. Espaço vago, de limites imprecisos, envolto em sombra leitosa. Lá fora anoitecera; ali duvidaríamos se era dia ou noite. Havia luzes toldadas por espesso nevoeiro: uma escuridão branca. Detive-me, piscando os olhos, tentando habituar a vista. Erguendo a cabeça, via-me no fundo de um poço, enxergava estrelas altas, rostos curiosos, um plano inclinado, próximo, onde se aglomeravam polícias e um negro continuava a dirigir-me a pistola. Era como se fôssemos gado e nos empurrassem para dentro de um banheiro carrapaticida. Resvaláramos até ali, não podíamos recuar, obrigavam-nos ao mergulho. Simples rebanho, apenas, rebanho gafento, na opinião dos nossos proprietários, necessitando creolina. Os vaqueiros, armados e fardados, se impacientavam.

Desviando-me deles, tentei sondar a bruma cheia de trevas luminosas. Ideia absurda, que ainda hoje persiste e me parece razoável: trevas luminosas. Havia muitas lâmpadas penduradas no teto baixo, ali ao alcance da mão, aparentemente, mas eram como luas de inverno, boiando na grossa neblina.

Arrisquei alguns passos, maquinalmente; parei meio sufocado por um cheiro acre, forte, desagradável, começando a perceber em redor um indeciso fervilhar. Antes que isto se precisasse, confuso burburinho anunciou a multidão que ali se achava. Agora já não éramos pequeno rebanho a escorregar num declive: constituíamos boiada numerosa; à ideia do banheiro carrapaticida sucedeu a de um vasto curral. Certamente a perturbação visual durou um instante, mas ali de pé, sobraçando a valise, a abanar-me com o chapéu de palha, tentando reduzir o calor, afastar o cheiro horrível, mistura de suor e amoníaco, um pensamento me assaltou, fez-me perder a noção do tempo. Que homens eram aqueles que se arrumavam encaixados, tábuas em cima, embaixo, à frente, à retaguarda, à esquerda, à direita? Imaginei-os criminosos e vagabundos. Os contornos das pessoas e das coisas lentamente se precisavam. Aglomeração incalculável, aglomeração desordeira. Uma figura amável vista de relance não abalou esta certeza. O homem louro, tranquilo, gordinho, se levantou da rede, acolhedor, fumando cachimbo, disse-nos palavras que não entendi. Impossível fixar a atenção em qualquer ponto, a memória se embotava, observações imperfeitas se atabalhoavam desconexas, deixando largos espaços obscuros. Outras pessoas me falaram, inutilmente. O cachimbo do homem louro trouxe-me ao espírito uma relação – e contentou-me verificar que não me havia tornado completamente imbecil. A fumaça dos cachimbos e dos cigarros enchia o ar, produzia a garoa em que os focos luminosos nadavam. De repente ouvi gritos. Um rapaz veio lá do fundo, acercou-se dos policiais, gesticulando, esgoelando-se:

– Companheiros, vão separar-nos. Desembarco. Se não nos tornarmos a ver, ficam vocês sabendo o lugar da minha morte. Adeus.

– Adeus, Valadares – responderam algumas vozes.

O rapaz subiu a escada e sumiu-se. No calor horrível, senti um arrepio. Apesar da firmeza espetacular daquela despedida fúnebre, continuei a julgar que me haviam reunido a criminosos e instintivamente me achegava ao grupo escasso de alagoanos. Só havia ali duas pessoas conhecidas, as outras se diluíam no fumaceiro, mas o transporte no caminhão e o arremesso à furna medonha ligavam-nos em destino comum. Vivêramos uma quinzena próximos e impossibilitados de comunicar; até a saudação à passagem deles no alpendre ficava sem resposta. Impossível identificá-los. Talvez me houvessem deixado no espírito sinais fisionômicos. Não me capacitava disto, e apenas as jabuticabas esquisitas, as excrescências vistas uma hora antes tornavam reconhecível a cara inexpressiva do negro. Avançamos à toa, evitando corpos úmidos. No zunzum de feira nenhuma frase perceptível; os meus pés machucavam coisas moles, davam-me a impressão de pisar em lesmas. O terrível fedor sufocava-me, a quentura de fornalha punha-me brasas na pele, e a certeza de encontrar-me cercado de imundícies levava-me a proteger a valise, resguardá-la debaixo do braço. Aguentar-me-ia em semelhante lugar? Conseguiria resistir?

– Já se viu numa situação como esta?

– Nunca – respondeu Mata furioso.

Sempre manifestara despreocupação, afirmara que estávamos bem e era tolice esperar coisa melhor, referira-se com minúcias a prisões anteriores: nenhuma lhe havia deixado mossa. Vira-se em dificuldades sérias, nada ignorava; nos momentos de aperto sabia tirar vantagem de insignificâncias, mudava os obstáculos em utilidades. Consultando-o, desejava certificar-me de que não havia motivo para alarme e o porão ignóbil estava previsto. A negativa indignada acabava de aniquilar-me. Evidentemente eu não suportaria a temperatura de caldeira; sentia-me num banho a vapor, o colarinho empapava-se, a camisa aderia ao peito e às costelas, as meias afundavam num charco ardente, do rosto caíam gotas sem descontinuar. Abanava-me com o chapéu e arfava. Não era a degradação moral que me oprimia. Tinha capitão Mata alcançado bem a minha pergunta? A cólera dele desalentava-me a nova interrogação. Nem me sentia humilhado, no atordoamento; não buscava saber se me restariam forças na alma dentro da realidade inconcebível. A alma fugia-me, na verdade, e inquietava-me adivinhar que a resistência física ia abandonar-me também, de um momento para outro: jogar-me-ia sobre as tábuas sujas, acabar-me-ia aos poucos, respirando amoníaco, envolto em pestilências. Algumas horas depois atirar-me-iam na água o cadáver. Inquirindo o oficial, pretendia insinuar-me coragem, supor, baseando-me na experiência alheia, que a vida ali era possível. Experimentei com a resposta verdadeira decepção, realmente insensata. Pois não via muitos indivíduos, talvez centenas de indivíduos, no curral flutuante? Escapou-me a observação e lá fui ziguezagueando num labirinto de redes, altas, baixas, do solo ao teto, a emaranhar-se, a balançar com o movimento do navio.

Alguém cochichou-me, atraiu-me a um canto; ouvi o nome de Miguel Bezerra, um moço de casquete, moreno e magro, que se pôs a falar com abundância. No começo não entendi o que ele dizia, recordo somente uma declaração repetida:

— Não somos comunistas...

Bem, eu os supunha vagabundos; surgiam-me dúvidas agora.

— Donde vêm os senhores?

Tinham embarcado no Rio Grande do Norte.

— Mas não somos comunistas.

— Perfeitamente.

Por que a insistência? Entrei a conversar — e logo duas surpresas me assaltaram: Miguel parecia alegre, as minhas palavras soavam-me aos ouvidos como se fossem pronunciadas por outra pessoa. Doidice rir em semelhante Inferno. Ou então me sensibilizara em demasia, os horrores que estivera a desenvolver tinham existência fictícia. Possivelmente o meu enjoo e a raiva do capitão Mata provinham da mudança repentina: se nos houvessem feito percorrer escalas, não nos abalaríamos tanto. Lembro-me de ter afirmado isto mentalmente. De qualquer modo nos arranjaríamos, chegaríamos a um porto. Assim falava no interior e dizia coisas diferentes, pausadas, maquinais; pareciam gravadas num disco de vitrola. Deviam ter significação, pois o diálogo se prolongou, mas não me seria possível reproduzi-lo. A declaração inicial voltava com frequência:

— Não somos comunistas.

Por que inocentar-se? A certeza de que estavam ali os revoltosos de Natal acirrou-me a curiosidade, embora não me arriscasse a pedir informações ao desconhecido cauteloso.

Duas mulheres achegaram-se, uma branca, nova, bonita, uma pequena cafuza de olhos espertos. Fiquei sabendo que a primeira se chamava Leonila e era casada com Epifânio Guilhermino.

– Esta é a nossa amiga Maria Joana. Se o senhor tiver negócio com ela, pode procurá-la no camarote lá do fim.

Maria Joana desdenhou a pilhéria, sem se escandalizar, mostrou os dentes alvos, contraiu num sorriso infantil as pálpebras oblíquas; afastaram-se em silencio. Em frente a uns beliches toscos haviam estendido cobertas, e ali as infelizes criaturas se torravam, no mormaço invariável. Coitadas. Envergonhei-me do desânimo que me invadira. Notaria alguém vestígios dele?

Uma dualidade, talvez efeito da cadeia, principiava a assustar-me: a voz e os gestos a divergir de sentimentos e ideias cá dentro, uma confusão, borbulhar de água a ferver. Por fora, um sossego involuntário, frieza, quase indiferença. A fala estranha me saía da garganta seca.

Capítulo 18

NÃO me ocorreu descansar: entregue a mim mesmo, teria passado a noite a vagar entre as redes como um sonâmbulo, arriaria em qualquer parte, dormiria sentado.

Ignoro quem me conseguiu alojamento numa espécie de jirau onde havia prateleiras. A minha ficava em cima. Ausência de colchão, naturalmente. Subi, alonguei-me na tábua suja, vestido e calçado, fiz da valise travesseiro, deixei ao alcance da mão o chapéu de palha, que me servira de leque. E entrei a fumar, ou antes continuei a fumar, pois desde a chegada não tirara o cigarro da boca. Por isso os beiços estavam gretados e a língua ardia. Não, não era por isso: era por causa da sede, que provavelmente durava horas e passara despercebida.

Conveniente descer, andar à toa no porão até descobrir água, beber muito, mas a iniciativa fugira, nenhum estímulo seria capaz de vencer a prostração. Em caso de incêndio a bordo, nem sei se me decidiria a levantar os ossos bambos. A camisa e a cueca molhadas grudavam-se ao corpo, e a calça e o paletó molhados colavam-se à madeira, dissolviam espessa crosta de imundície; despegando-me, afastando-me um pouco, deixava ao lado uma grande mancha escura. As gotinhas perversas animavam-me, corriam, fervilhavam-me como bichos miúdos nas virilhas e no pescoço. Liquefazia-me, evaporava-me, reduzia-me a bagaço, limão espremido. Enquanto estivera a mexer-me, de algum modo me integrara na turba, operações confusas se realizavam no meu cérebro; agora as reduzidas associações mentais deixavam de produzir-se. E em redor tudo se paralisava.

Nos cantos, figuras indecisas se abatiam, como trouxas, e do ponto em que me achava não me era possível distinguir o movimento leve das redes. Centenas de pulmões opressos, ressonar difícil, perturbado por constante rumor de tosse. Punha-me a tossir também, erguia-me sufocado, em busca de ar, levantava os braços e quase alcançava o teto baixo, a tampa da nossa catacumba. Provavelmente o fumo agravava a dispneia; não me resolvia a deixá-lo, e como os fósforos escasseassem, adotei o recurso de fumar sem intervalo, acendendo um cigarro no outro que se acabava.

O sono fugia. Estirava-me, às vezes me alheava em modorra agoniada: as coisas em redor sumiam-se, e apenas restava, aborrecedora, uma torpe visão. Aquilo era repugnante e descarado. Fechava os olhos, tornava a abri-los, cheio de raiva e nojo. Nessas rápidas fugas o cigarro se apagava. Mais um fósforo perdido; inquietava-me vendo a caixa esvaziar-se. Impossível dormir — e não conseguia despertar de todo e economizar o fogo. As comichões seriam picadas de pulgas? Ou seriam efeito de ar que entrava pelas vigias e me salgava a pele queimada?

A imagem repulsiva me atormentava: num estrado vizinho, inteiramente nu, um negro moço arranhava os escrotos em sossego. Indignava-me; pragas interiores vinham à tona e eram engolidas; lampejos de bom senso impediam-me gritar, pedir ao tipo que tomasse vergonha. Efetivamente eu não tinha o direito de reclamar: se estivesse dormindo, o caso, para bem dizer, não existiria. Que me importava a coceira do homem? Talvez ele padecesse dartros. São medonhos: em horas de aperto desejamos triturar, rasgar a carne, suprimir de qualquer jeito a coisa insuportável, transformá-la num farrapo ensanguentado. Não, não era isso. O negro se coçava tranquilamente, como se ali não estivesse ninguém, e obrigava-me a espiá-lo. Quando me determinava a fechar os olhos, os restos de personalidade se atropelavam, fugiam, no fervedouro interno se agitavam confusões, a brasa do cigarro esmorecia, findava. Um sobressalto: necessário riscar outro fósforo. Alarmava-me o desaparecimento deles. Seis, cinco, quatro, um somente. Conseguiria poupá-lo até o amanhecer? Não conseguiria. Ligeiras pausas, cochilos, nenhum meio de avaliar em que ponto da noite me achava. Os relógios me desagradam: em geral a marcha dos ponteiros, o tique taque, a indicar a urgência de concluir um capítulo, me desarranjam o trabalho; assando, porém, no horrível forno, em vão tentava adivinhar, explorando os arredores, abrindo os ouvidos, o pingar lento dos minutos. Queimou-se o último fósforo.

Rumores vagos na coberta, diluídos nos tormentos da tosse, dos roncos agoniados. O pesadelo obsceno continuava a perseguir-me. O saco escuro, repuxado a unha, alongava-se; os testículos grossos davam à porcaria o jeito de uma cabaça de gargalo fino. Cachorro. Indignava-me como quando ouço garotos a assobiar num bonde, mas naquele momento experimentava indignação multiplicada. As minúcias ignóbeis – a cor, a forma, a transudação – enfureciam-me contra mim mesmo. Quem me obrigava a fixar a atenção nelas? Se me decidisse a virar a cabeça para os pés da miserável cama, a coisa indigna e afrontosa se dissiparia, o embalo vagaroso das redes me ofereceria talvez algum sossego. Provavelmente não pensei nisso. E a fadiga terrível me segurava. O patife jazia a dois passos de mim, quase me tocava, e procedia como se estivesse inteiramente só: a cara imóvel, a tromba caída, as pálpebras meio cerradas, as pernas abertas e curvas, na posição de uma parturiente. Não se notava ali desprezo à opinião pública: notava-se indiferença perfeita. O animal nem tinha consciência de que nos ofendia. E os dedos esticavam sem cessar a pelanca tisnada. No clima de inferno tudo se evaporava e sentia-me sujo: certamente partículas da imundície me alcançavam. O meu desejo era gritar injúrias pesadas, finalizar por qualquer meio a sórdida exposição. Não me atrevia a desabafar: o hábito de coibir-me, a fraqueza, o cansaço amarravam-me – e sobre o monturo oscilante o que de mim restava era um morno fastio, desejo de acabar-me.

O cigarro apagou-se, levei ao bolso a mão, inutilmente; alarguei a vista pelos beliches próximos. Haveria ali náuseas também, repugnâncias invencíveis embrulhando estômagos? Distingui confusamente rostos esmorecidos, prostrações dolorosas. A visão que me atenazava nenhuma influência exercia nos arredores; possivelmente cada um se reservava o direito de exibir sem pejo as suas mais secretas particularidades. Natural. Não me resignava a isso, um ódio surdo me crescia na alma. Ao resfôlego penoso, ao ruído cavo da tosse, uniam-se gemidos, falas desconexas, arquejar de vômitos. Outras cenas descaradas estariam revolvendo vísceras, manchando o soalho. Busquei em redor uma cara desperta, curvei-me, dirigi-me ao andar inferior do jirau

– Faz o obséquio, de me emprestar uma caixa de fósforos?

Respondeu-me um grunhido, instantes depois um braço curto se levantou, escuro, peludo. misericordioso: a rápida trégua no vício ia-me alucinando. Restituí os fósforos:

– Muito obrigado

O pensamento se obliterou, supondo que delirei, uni a minha voz às divagações estertorosas dos prisioneiros. As sensações amorteceram – e na aspereza de tábua ficou um feixe de fibras secas. A língua dura, língua de papagaio, não mais se agitou, procurando umidade, os dentes deixaram de catar películas nos beiços ardentes. E as figuras em roda aumentavam, diminuíam, aproximavam-se, afastavam-se, fundiam--se, desagregavam-se, numa dança de fogos-fátuos, isentas de significação. Somente os quibas do negro permaneciam inalteráveis, mas por fim deixaram de impressionar-me: vi-os como se visse um pouco de matéria inorgânica. Susceptibilidades, retalhos de moral, delicadezas, pudores, se diluíam; esfrangalhava-se a educação: impossível manter-se ali.

– Faz o obséquio de me dar fósforos?

Novamente se levantava o braço curto, robusto, cabeçudo em excesso.

– Muito obrigado.

Seria razoável pedir ao sujeito invisível que me deixasse conservar a caixa de fósforos. Não me lembrei disto: devolvia-a, certo de que, acendendo um cigarro no outro, poderia dispensá-la. Ao cabo de meia hora lá estava a incomodar o vizinho. Não reparei no egoísmo, na incivilidade que o procedimento revelava. Acordar alguém várias vezes por uma bagatela, que estupidez! Sem dúvida eu me comportava pior que o negro: este apenas exibia o pelame nojento, não amolava as pessoas com exigências. Enfim naquele infame lugar todos nos importunávamos. Os roncos, a tosse, borborigmos, vozes indistintas, vômitos eram incessantes. Acavalavam-se no espaço exíguo camas e redes. E como o ar escasseava, a nossa respiração constituía dano recíproco. Está aí o máximo requinte de perversidade, enquanto os verdugos repousam, as vítimas são forçadas a afligir-se mutuamente.

Por volta da madrugada uma ideia me surpreendeu: imaginei-me louco. Chegar-me-iam realmente aos ouvidos os sons estranhos? Seriam verdadeiros os rostos brancos, em desalento, vermelhos, nas convulsões da tosse, os vultos esmorecidos pelos cantos, cabeças erguendo-se à toa, desgovernadas, bocas escancarando-se no horror da sufocação? Talvez me achasse de novo no hospital, com o ventre rasgado, a queimar de febre. Talvez me visse num manicômio, a criar fantasmas. A incerteza pouco a pouco esmoreceu – convenci-me de que estava doido. Um doido manso, arriado numa tábua, a confundir imagens e ruídos. Provavelmente não me vestiriam camisa de força. Recordei-me dos meus velhos amigos Chico de Beca e Argentina. Argentina desenvolvia histórias sisudas e explicava-me no fim:

– Isto se deu quando eu tinha juízo.

Chico de Beca, em horas de maluquice aguda, considerava-se apóstolo e dava-me o título de Jesus Cristo. Libertava-se da religião – e voltávamos a ser viventes ordinários. Reminiscências da juventude alarmavam-me. As cordiais relações com dementes agora me pareciam significativas: era possível que houvesse entre nós alguma semelhança. Um doido lúcido.

A preocupação encheu a madrugada longa. Que horas seriam? Faziam-me falta as pancadas de um relógio, os cantos de galos que me abrandavam as insônias na minha casa de arrabalde. Esquisita insensatez. Achava-me a bordo, a vacilar numa tábua estreita, e não queria persuadir-me disto. Como iria comportar-me? Extravagaria sem perder a memória, diria ao concluir um disparate "Quando eu tinha juízo..." Recusa dos fatos evidentes, sombras, lacunas, o espírito a divagar à toa; e o exame disto, a análise do desarranjo, a convicção de que nos vamos achegando, passo a passo, da treva completa. O enjoo me livraria da angústia, desejei experimentá-lo, desamparar-me como um saco vazio, eximir-me da consciência e ignorar que a perdia. Nada disso. Os olhos arregalados, sempre a fumar, serenamente. Absurdo. Havia uma queda, vertigem, torvelinho, que nenhum gesto revelava. Parecia-me observar o interior de outra pessoa. Julgo na verdade que estive doido. Nessa loucura fria indivíduos e objetos diluíram-se, inconsistentes. E afinal, apenas distingui um braço escuro, cabeludo, grosso, um negro, de focinho dormente, a coçar os escrotos.

capítulo 19

SOMOS animais bem esquisitos. Depois daquela noite, o primeiro contato com a vida me provocou uma gargalhada. Não o riso lúgubre dos doidos, manifestação ruidosa e divertida, que me causava espanto e era impossível conter. Foi este o caso. Logo ao clarear o dia, saltei do estrado, busquei o vizinho do compartimento inferior, para agradecer-lhe os fósforos, e percebi um caboclo baixo, membrudo, hirsuto, a camisa de algodão aberta, deixando ver um rosário de contas brancas e azuis misturadas à grenha que ornava o peito largo. Esse instrumento devoto me produziu a hilaridade:

– O senhor usa isso, companheiro?

O sujeito endureceu a cara, deitou-me o rabo do olho, formalizou-se e grunhiu:

– Quando a nossa revolução triunfar, ateus assim como o senhor serão fuzilados.

Esqueci os agradecimentos e afastei-me a rir, dirigi-me ao ponto onde, na véspera, tinha ouvido o rapaz de casquete: esperava tornar a vê-lo, pedir informações a respeito do estranho revolucionário. Logo soube que se chamava José Inácio e era beato. Homem de religião, homem de fanatismo, desejando eliminar ateus, preso como inimigo da ordem. Contrassenso. Como diabo tinha ido ele parar ali? Vingança mesquinha de político da roça, denúncia absurda, provavelmente — e ali estava embrulhado um eleitor recalcitrante, devoto bisonho do padre Cícero. Com certeza havia outros inocentes na multidão, de algumas centenas de pessoas.

A luz do dia, várias figuras começavam a delinear-se, nomes próprios chegavam-me aos ouvidos, mas tudo se confundia — e era-me impossível distinguir João Anastácio de Miguel Bezerra, duas criaturas muito diferentes.

Miguel Bezerra, o moço de casquete, exibia inquietação constante no rosto fino como um focinho de rato; João Anastácio tinha a cara imóvel, de múmia cabocla: sério, os olhos miúdos, parecia muito novo ou muito velho, não tinha idade. O primeiro se mexia demais e falava com exuberância, desdizendo-se: falava como se quisesse inutilizar o efeito de palavras largadas inconsideradamente; o segundo me examinava em silêncio, desconfiado — uma coruja. Essas coisas só foram percebidas muito depois. Naquela manhã tudo se atrapalhava, a luz que vinha de cima e entrava pelas vigias era escassa. E perturbado, no meio novo, esforçava-me por achar um canto onde pudesse respirar.

Cheguei-me ao escotilhão. O homem louro, de cachimbo, acolhedor e risonho, sentado numa rede, conversava com Sebastião Hora. Fiquei sabendo que a personagem se chamava José Macedo e fora, durante dois dias, secretário da Fazenda, na rebelião de Natal. Também fui apresentado ao secretário do Interior, Lauro Lago, rapaz grave, simpático, um ligeiro estrabismo disfarçado por óculos escuros. De fato, nem se haviam empossado — e os cargos decorativos apenas lhes serviram para agravar as torturas na cadeia. Estive a ouvi-los meia hora. Tinham-se aguentado quarenta e oito horas, esperando em vão que o resto do país se revoltasse. Depois viera o pânico.

Afastei-me, marchando nos calcanhares, tentando evitar as coisas moles pisadas na véspera e percebendo claramente donde vinha o cheiro forte de amoníaco. Aquelas pessoas urinavam no chão, a um canto; o mijo corria, alagava tudo, arrastando cascas de frutas, vômitos, outras imundícies. Com as oscilações da infame arapuca, a onda suja não descansava, dificilmente se acharia um lugar enxuto. Necessário arregaçar as calças e fazer malabarismos de toda a espécie para evitar a ressaca nojenta.

Viajávamos no Mansas, um calhambeque muito vagabundo. Naquela manhã chegamos a Maceió. Examinei atentamente, por uma vigia, a praia de Pajuçara, tentei localizar a casa onde morei. Que estariam fazendo as crianças? A mais nova ainda não falava direito. Arriado numa caverna, o rosto na abertura, não desviava os olhos daquele ponto. Estava ali a minha gente. O resto da cidade não me despertava o mínimo interesse. Voluntariamente nunca mais poria os pés naquela terra. O navio fundeou, mas não atentei nisto; não percebi a azáfama dos botes rente ao costado, o burburinho dos passageiros novos, carregadores e visitantes. Ter-me-ia conservado ali, imóvel, se não me chamassem lá de cima.

Larguei a observação demorada, transpus o labirinto das redes, subi a escadinha, achei-me no convés, meio encandeado, revi os policiais, a cara facinorosa do negro que me havia apontado a pistola. Um conhecido, a quem dávamos a alcunha de Passarinho, chegou-se à pressa, muito pálido, entregou-me um pacote, sussurrou que minha mulher estava a bordo, mas não lhe tinham permitido ver-me. Despediu-se e afastaram-me, desci novamente à cova, atordoado, o embrulho na mão. Desatei o barbante, achei no papel alguma roupa, meti-a na valise, que se empanzinou.

Defendi os meus trastes contra a inundação de mijo e regressei à vigia, mas agora não olhava a praia distante; a atenção se fixava nas canoas e escaleres que se arredavam do navio. Capitão Mata, mais feliz, conseguira descobrir algumas senhoras de sua família, trocara algumas palavras com elas. Não me desesperançava de avistar uma figura amiga, receber notícias, um gesto ao menos. O excelente padre José Leite, que só aparece quando é necessário e tem habilidade notável para comprometer-se, bordejava talvez por ali, buscando oportunidade. Anos atrás acompanhara-me ao hospital, amolara-se quarenta noites horríveis; fugia-me a vida terrena, e de nenhum jeito me dispunha a acomodar-me à vida eterna; corpo e alma se comprometiam lastimosamente. Em ocorrência tão difícil a santa criatura abandonava os seus negócios e ficava tempo sem fim tentando, com histórias de papas, minorar-me as dores: quando me supunha tranquilo, visitava as enfermarias dos indigentes. Com certeza andava ali perto. Não distingui nenhuma pessoa conhecida. Tilintaram correntes, anunciando o levantamento da escada; os rumores da coberta esmoreceram; as velas das pequenas embarcações escassearam, dispersaram-se.

O Manaus desancorou, sumiram-se pouco a pouco as dunas, os coqueiros, os tetos de armazéns acaçapados. Longamente me conservei ali, trepado na costela do cavername, evitando o abafamento e o calor da furna lôbrega, vendo a água bater na madeira velha recebendo salpicos na cara. Experimentava uma vaga mistura de alívio e decepção. As pessoas lá de fora pareceram-me indiferentes e covardes. Medo de comprometer-se, julguei severo e injusto, esquecendo que muitos esforços deviam ter sido feitos inutilmente e nenhuma visita chegara aos outros alagoanos. Um pacote de roupa branca, meia dúzia de palavras sumidas. Afinal que valíamos nós? Estávamos ali mortos, em decomposição, e era razoável evitarem o contágio. Bom que se conservassem longe. Ninguém nos poderia oferecer uma dessas mesquinhas lisonjas indispensáveis na vida social; estávamos diante de uma verdade muito nua e muito suja, e qualquer aproximação nos originaria vergonha e constrangimento. O resto da humanidade se afastava; no marasmo e no assombro, sentíamos que se afastava em excesso. Impossíveis os entendimentos: muros intransponíveis nos separavam. Se amigos conseguissem aproximar-se de nós, ficariam em silêncio, de vista baixa, confusos e vazios, receando molestar-nos. Uma palavra à toa, largada com bom propósito, avivaria suspeitas, provocaria situações intoleráveis: enxergaríamos nela remoque, alusão velada. Certamente nos atribuíam culpas graves; na melhor das hipóteses, éramos levianos e desastrados. E o pior é que nos sentíamos infratores, éramos levados a admitir isto. Sinais intempestivos de compaixão, simples referência ao ambiente sórdido, à horrível miséria, mais nos reforçariam a certeza. Tínhamos delinquido, sem dúvida. Muitas daquelas criaturas ignoravam que delito lhes imputavam. Na verdade, não imputavam: mantinham-nas em segregação, e isto devia bastar para convencê-las. Com o andar do tempo, chegariam a dar razão à justiça nova. Ninguém iria prendê-las e maltratá-las sem motivo. Algumas, como capitão Mata, recalcitrariam exibindo-se vítimas de um equívoco. Outras se deixariam arrastar, fugindo às explicações. E José Inácio desfiaria as contas brancas e azuis do seu rosário, peloso e carrancudo, sonhando com uma revolução que liquidasse todos os ateus.

capítulo 20

IGNORO onde me escondi para mudar a roupa. Na véspera, dentro da escuridão leitosa, ter-me-ia podido arranjar facilmente. Fugindo às luzes do centro, buscando as margens obscuras onde fervilhavam sombras vivas, teria conseguido meio de arrancar do corpo os medonhos constrangimentos de lã, insuportáveis naquela temperatura. Com o dia, a vista habituando-se na indecisa claridade que vinha das aberturas superiores e laterais, todos os recantos se devassavam. Pouco a pouco me livrei das peças incômodas, tirei a gravata, o colarinho, o paletó, enquanto prosseguia a conversa com Miguel Bezerra, iniciada à noite, interrompida muitas vezes. Certamente pude expressar-me direito, pois o moço não pareceu descobrir nas minhas palavras nenhum desconchavo; de fato não me inteirava do assunto, as ideias baralhavam-se de maneira lastimosa. O que retive bem naquela manhã foi a causa do desassossego do meu novo camarada ao avistar-me: supusera-me funcionário da polícia. Piquei-me. Ora essa! Nunca me passara pela cabeça que tal confusão fosse possível, a franqueza do rapaz me aborrecia. Sim senhor, um tira. Bem-vestido, com valise, chapéu de palha, originara desconfiança, e daí a frase repetida sem propósito: "Não somos comunistas."

Agora a suspeita se desfazia. Sebastião Hora parolava com José Macedo e Lauro Lago a respeito da Aliança Nacional Libertadora, a princípio sufocada, afinal posta no xadrez; os meus companheiros de Alagoas, apenas entrevistos no quartel, mal examinados nos sacolejos do caminhão, desconhecidos quase todos, começavam a entender-se com a gente do Rio Grande; e, sem chapéu, sem valise, exibindo-me em camisa, despojava-me da feição policial. Naquele momento o meu desejo era evitar a presença de Leonila e Maria Joana, livrar-me dos restos do vestuário pesado. Em tal situação, o recurso melhor seria pedir aos passageiros machos que formassem diante de mim uma espécie de cerca humana e, protegido por ela, despir-me, arranjar-me convenientemente. Devo ter feito isso, não me lembro. Sei que me achei metido no pijama. Dobrei cuidadosamente a calça e o paletó, arrumei-os sobre a maleta e conservei os meus troços à vista, pois eram tudo quanto eu possuía e ali dentro começavam a representar enorme valor.

Alguém me preveniu de que viajavam conosco vagabundos e ladrões. Retirei da carteira as cédulas, dobrei-as, ocultei-as num compartimento do porta-moedas, guardei a pequena fortuna no bolso do pijama, debaixo do lenço. Ali estava em segurança. Mas não queria desviar-me dos outros bens: de quando em quando precisava certificar-me de que existiam os blocos de papel, os lápis, as cuecas, as meias, as camisas. Tentava-me o desejo de recomeçar as notas interrompidas no quartel, jogar na folha as últimas impressões, atabalhoadas, continuamente dissolvidas. Como era impossível o trabalho, servia-me desses instantes para tirar o frasco e a tesourinha, curar o dedo ferido, pôr no abscesso uma gota de iodo.

Afastava-me, acercava-me dos grupos, imiscuía-me neles: esforçava-me por decifrar certas particularidades de linguagem e em vão buscara reter as fisionomias, sempre renovadas. Não havia jeito de casar às figuras incompletas os nomes que me chegavam aos ouvidos. João Anastácio. Bem. Esse conseguiu fixar-se. Anteriormente fundia-se com Miguel Bezerra, mas agora se distanciava, e não sei como baralhei pessoas tão diversas. Julgo que me surgiram simultaneamente na atrapalhação da chegada, falaram as duas ao mesmo tempo, quando não me era possível estabelecer a distinção: olhos vivos, modos inquietos, rosto fino como um focinho de rato; pele macerada, feições imóveis de múmia cabocla. Tipos inconfundíveis, caracteres diferentes. Miguel Bezerra tinha um modo escorregadio de negar, de justificar-se; o outro afirmava, lento e seguro, como se batesse em pregos: nunca vi homem tão afirmativo.

Essas duas figuras me ficaram gravadas profundamente na lembrança, não por haverem exercido qualquer influência na minha esquisita aventura, mas porque avultaram no rebanho indistinto, durante algumas horas. Depois se afastaram, se diluíram: os hábitos de classe me aproximaram do sujeito gordo e louro que fumava cachimbo, sentado na rede, a sorrir do rapaz estrábico de óculos. Importantes, um secretário da Fazenda, outro secretário do Interior, no governo revolucionário de Natal. Propriamente não fora governo, fora doidice: nisto, embrulhados, concordavam todos. Estavam ali dois figurões, dois responsáveis, dois criminosos, porque tinham sido pegados com o rabo na ratoeira. Não me arriscaria a dizer como se chamavam. Macedo e Lauro Lago. Isso, repetido com frequência, me permanecia na memória, mas, se me dirigisse a qualquer deles, trocaria as designações.

Falavam-me também num terceiro chefe da sedição, o mais importante, conservado em Natal por não se poder ainda locomover: seviciado em demasia, aguentara pancadas no rim e, meses depois da prisão, mijava sangue. Arrepiava-me pensando nisso.

Achava-me ali diante de criaturas supliciadas e, consequentemente, envilecidas. A minha educação estúpida não admitia que um ser humano fosse batido e pudesse conservar qualquer vestígio de dignidade. Tiros, punhaladas, bem: se a vítima conseguia restabelecer-se, era razoável andar de cabeça erguida e até afetar certo orgulho: o perigo vencido, o médico, a farmácia, as vigílias de algum modo a nobilitavam. Mas surra – santo Deus! – era a degradação irremediável. Lembrava o eito, a senzala, o tronco, o feitor, o capitão do mato. O relho, a palmatória, sibilando, estalando no silêncio da meia-noite, chumaço de pano sujo na boca de um infeliz, cortando-lhe a respiração. E nenhuma defesa: um infortúnio sucumbido, de músculos relaxados, a vontade suspensa, miserável trapo. Em seguida o aviltamento. É assim na minha terra, especialmente no sertão. Vivente espancado resiste: em falta de armas, utiliza unhas e dentes, abrevia o suplício e morre logo, pois, se sobreviver, estará perdido. Nunca mais o tomarão a sério. É possível que ele esqueça o chicote, precisa esquecer: cá fora tenta reaver os seus insignificantes direitos de cidadão comum. Os outros não esquecem. Aquilo é estigma indelével, tatuagem na alma. Quando estiver desprecatado, julgando-se normal e medíocre, um riso, um gesto, um olhar venenoso o chamarão à realidade, avivarão a lembrança do pelourinho, do rosto cuspido, das costas retalhadas. Afinal, aquele tratamento não foi infligido senão para isso. Indispensável aniquilar um inimigo da sociedade. Quem é ele? O assassino? Evidentemente não. Na minha terra uma vida representa escasso valor. A população cresce demais, a agricultura definha na terra magra. Eliminar um cristão significa afastar um concorrente aos produtos minguados, em duros casos serve para restabelecer o equilíbrio necessário. Enfim, cedo ou tarde, a morte se daria; em última análise o matador foi instrumento da Providência. Por isso ela é tabu. Na cadeia da roça não o maltratam, e o júri sem dificuldade o absolve. O que passou passou, a condenação não ressuscita ninguém. O delito máximo é o que lesa a propriedade. Nesse ponto o fatalismo caboclo desaparece: não foi certamente Deus que mandou furtar, o ladrão é responsável. Está visto que não se punem os grandes atentados, mais ou menos legais, origem das fortunas indispensáveis à ordem, mas os pequenos delinquentes sangram nos interrogatórios bárbaros e nunca mais se reabilitam. Não me ocorrera a ideia de que prisioneiros políticos fossem tratados da mesma forma: a palavra oficial dizia o contrário, referia-se a doçura, e não me achava longe de admitir pelo menos parte disso. Um jornalista famoso asseverava que os homens detidos no Pedro I bebiam champanhe. Com certeza na doçura e no champanhe havia exagero; não me viera, contudo, a suspeita de que a imprensa e o governo mentissem descaradamente quando isto não era preciso.

Provavelmente existia nas prisões certa humanidade, *relativa* humanidade. Capacitara-me disso, por não me parecer que os atos ferozes fossem úteis. Talvez não estivesse aí o motivo da minha credulidade. Habituara-me de fato, desde a infância, a presenciar violências, mas invariavelmente elas recaíam em sujeitos da classe baixa. Não se concebia que negociantes e funcionários recebessem os tratos dispensados antigamente aos escravos e agora aos patifes miúdos. E estávamos ali, encurralados naquela imundície, tipos da pequena burguesia, operários, de mistura com vagabundos e escroques. E um dos chefes da sedição apanhara tanto que lá ficara em Natal, desconjuntado, urinando sangue.

Não me abalancei a indiscrições relativamente aos outros — evitei melindrá-los. Teriam pudor, certamente, calar-se-iam se possuíssem as terríveis chagas incuráveis. Meias-palavras, referências vagas, ambiguidades trouxeram-me a convicção de que todos ali, ou quase todos, haviam sido torturados e não conservavam disso nenhuma vergonha. Espantei-me no começo, depois busquei uma explicação. Provavelmente a autoridade considerava os meus novos companheiros pouco mais ou menos iguais aos ladrões. Queriam eliminar os ricos, suprimir a exploração do homem na lavoura e na fábrica. Certo não alcançariam esse objetivo, por enquanto desejavam apenas a distribuição razoável da terra, melhores condições de vida para o trabalhador. Um roubo. E, pegados com armas na mão, nivelavam-se aos bandidos e recebiam suplícios infamantes. Não se julgavam, contudo, humilhados. Por quê? Talvez não supusessem completamente desarrazoada essa justiça bruta e sumária. Eles, como os escravos indolentes e os salteadores, minavam a fortuna, pelo menos pretendiam miná-la. Natural que os proprietários, senhores do Estado, os estigmatizassem, cobrissem de ignomínia. Não lhes feriam somente o corpo; tentavam, encharcando-os na lama, no opróbrio, embotar-lhes os espíritos, paralisar-lhes a vontade. Conhecida, porém, essa intenção, muito se reduzia o efeito dela. Realmente havia as dores físicas. E findas as torturas, os corações se desoprimiam

Os meus amigos do porão falavam dessas coisas como de fatos normais, distantes, relativos a outras pessoas: de nenhum modo pareciam atingidos por elas. Na verdade, para que o rebaixamento moral se realizasse, deveriam aplicar os castigos a um número pequeno de indivíduos. Alcançando a maioria ou a totalidade, o labéu se atenuava, perdia enfim a consistência. Reportavam-se àquilo como se narrassem um desastre de automóvel, uma operação cirúrgica, sucessos que não poderiam desonrá-los.

capítulo 21

ARRIADO numa costela do cavername, o rosto colado à vigia, ausentava-me do porão olhando o mar. Algumas pessoas ali perto conversavam comigo, arejavam-se um pouco, fugindo ao calor da fornalha, mas não me apercebia direito da conversa. As palavras me chegavam quase destituídas de significação; às vezes me surpreendia lançando respostas a perguntas indefinidas. Sem querer, me insinuava aos poucos no ambiente novo, na sociedade esquisita. Fumava sem descontinuar. Ainda possuía cigarros; os fósforos tinham-se esgotado à noite, e não sei como pude obter uma caixa. Perceber-me-iam em redor a desatenção? Talvez não me achasse desatento: ocupava-me de muitas coisas, misturava-as, confundia-as, desorientava-me em avanços e recuos no tempo e não me era possível fixar nada no espírito.

Dava mostra de examinar a água escura, as algas, filamentos estranhos; alongando a vista, percebia uma praia distante, verde e branca, povoada de coqueiros. Para distinguir essa faixa de terra, precisava curvar-me, esperar que o navio se inclinasse para o outro lado. Fatigava-me da posição forçada, voltava a recostar-me — e o horizonte se reduzia, alguns metros mais largo ou mais estreito, conforme as oscilações do calhambeque. Nenhum objeto, asa ou vela, perturbava a monotonia. Filandras, apenas, a confusão das tripas vivas, fosforescências pálidas, revérberos do sol no marulho, uma tira de espuma rente ao costado. Brisas ásperas batiam-me na cara, ali a temperatura baixava, era suportável. O pesadelo noturno se distanciava, parecia-me acontecimento velho; o braço peludo e a visão obscena esmoreciam-me no espírito. A língua já não estava seca; os beiços rachados ardiam, era-me preciso umedecê-los a cada instante, livrá-los de películas incômodas. Salgados, a ponta do cigarro também tinha sal, os dedos, presos à borda da abertura, cobriam-se de suor pegajoso.

Cansava-me, aborrecia-me dos filamentos invariáveis, dos reflexos na onda, tirava-me dali, passeava aos tombos, as pernas entorpecidas, reacostumando os olhos piscos a magotes agachados na sombra. Voltava o calor medonho. Não era, com precisão, calor: era abafamento. Insuficiência de ar para tantos pulmões. Os grupos arquejavam, tossiam, engrossavam debaixo da escotilha. Metido na roupa leve, mexia-me devagar, cautelosamente. Não me arriscaria a calçar chinelos: conservava os sapatos, e, embora tivesse os pés resguardados, repugnava-me em certos pontos encostar as solas na tábua: andava sobre os calcanhares, banzeiro como um papagaio, receoso de pisar nas imundícies, cada vez mais abundantes. As cascas de frutas, restos de comida, detritos de toda espécie, aumentavam. Aquela gente escarrava no chão, vomitava no chão; a um canto, perto da escada, havia sempre alguns indivíduos de costas, molhando a parede; corria desse mictório improvisado um filete que desaguava no charco movediço. A vaga se avolumava, prometia varrer o soalho inteiro, a evaporação nos afligia com o horrível fartum, sem descontinuar nenhum escoadouro.

Movendo-me a custo, examinando, ouvindo, perguntando, consegui diferençar e nomear várias peças da carga viva, contrabando humano. Com Sebastião Hora, vizinho ao porta ló, estabelecera-se o preto encaroçado, semelhante a um pé de jabuticaba. Fora contínuo da Aliança Nacional em Alagoas e davam-lhe a alcunha de Doutor. Em atitude canina, mastigando qualquer coisa, parecia continuar no exercício do seu cargo, esperando ordens do Presidente, que discutia com José Macedo e Lauro Lago, todos eles muito consideráveis. Havia mais, além do capitão Mata e de Manuel Leal, três figuras alagoanas: Vicente Ribeiro, rapaz franzino, cabo do 20° Batalhão de Caçadores; Benon, negro esgalgado, risonho, de voz estridente; Ezequiel Fonseca, louro, míope, de óculos. Parece que este último tivera a ideia infeliz de se meter numa cooperativa — e isto o marcara aos agentes da ordem como elemento pernicioso. Também conheci diversos rio-grandenses. O estivador João Francisco Gregório, robusto em demasia, construção de torre, deslocava-se devagar; pachorra imensa na voz, nos gestos, longa desconfiança nos olhos astutos. Concordava facilmente com as coisas mais absurdas "An! Bem!" Na cidade o julgariam tolo.

Quem tivesse observado as manhas dos mestiços nordestinos logo lhe perceberia a dissimulação. Paulo Pinto, ex--cabo de polícia, cafuzo sifilítico, era especialista em sambas. Epifânio Guilhermino, terrivelmente sério, falava baixo e rápido, sublinhando com movimentos de cabeça afirmações categóricas, sem pestanejar. Ferido em combate, ficara meses entre a vida e a morte; uma bala o atravessara, deixando-lhe duas cicatrizes medonhas, uma na barriga, outra nas costas. Livrara-se por isso do espancamento. E restabelecido, até gordo, ali se achava, em companhia da mulher, apanhada a mexer num fuzil-metralhadora. Havia um cabra de Lampião entre nós. Chamava-se Euclides e não tinha nada de cabra: um sertanejo vivo, alourado, notável desempeno em todo o corpo, olho de gavião. Depois do beato José Inácio, apareceu-me um espírita, Sebastião Félix, pessoa incolor. Guardo a vaga lembrança de que era baixo, moreno e usava óculos escuros, mas não estou bem certo disso: sei apenas que se exercitava nas preces e na invocação das almas do outro mundo. Nem ali, no infecto desvão, essas criaturas de sonho o abandonavam. A queimadura de Gastão, horrível, destruíra a pele numa parte do rosto e no pescoço, talvez houvesse lesado músculos. Por isso a boca se repuxava num riso constante e inexpressivo. Havia um estudantezinho de preparatórios, João Rocha, mulato, franzino, inconsequente, falador; um chauffeur doente, Domício Fernandes, que não aguentaria aquela vida; um pequeno dentista, Guerra, petulante, de bigodinho. Ramiro Magalhães era uma criança estouvada e ruidosa, a quem tinham conferido insensatamente o cargo de prefeito de Natal. Esse disparate indicava bem que a sedição não representava de fato nenhum perigo.

Vencida a força pública facilmente, conquistado o poder precário, os rebeldes se haviam julgado seguros: divertiam-se fazendo a tiros desenhos nas fachadas, queriam voar em aeroplanos, entregavam negócios públicos a meninos. Ao primeiro ataque rijo – fuga precipitada, rendição. E o prefeito de Natal se embrulhara também. Com desembaraço de colegial afoito, não se inteirava da situação, presumo, via nela uma espécie de brincadeira. Chamou-me a atenção um sujeito silencioso, Carlindo Revoredo, que tinha aparência de estátua. Alto, robusto, mexia-se devagar, os traços fisionômicos inalteráveis. Naquele desarranjo, tudo se acavalando e agitando, não lhe percebi os movimentos: dava-me impressão de imobilidade perfeita. E não me lembro de o ter ouvido falar. Os cabelos de Mário Paiva começavam a escassear, o rosto cansado alegrava-se num sorriso amável, permanente. Dizia-se ator, mas nunca vi pessoa tão sem jeito para representações. Engajara-se talvez nessas companhias vagabundas que circulam raro pelas cidadezinhas do interior, a exibir dramalhões ingênuos quase suprimidos pelo cinema. Passava meia hora a chatear-nos:

— Lobato tinha uma flauta. A flauta era de Lobato. Minha avó sempre dizia: toca flauta, seu... Lobato tinha uma flauta. A flauta era de Lobato.

Uma lengalenga infindável. Nunca nos revelou outra habilidade, e suponho que o talento cômico de Mário Paiva não ia além disso. O indivíduo que mais me impressionou ali foi Carlos Van der Linden, não porque manifestasse qualquer particularidade vultosa, mas por me haver começado a expor uma das coisas mais dolorosas engendradas pela cadeia. Era um rapaz magro, de rosto fino e pálido, a exprimir resignação, a irradiar simpatia. Uma dor profunda e serena. Estou a vê-lo sentado na bagagem, os braços cruzados, os lábios entreabertos, a arfar. Cobria-lhe o peito débil uma blusa fina, azul-marinho, de mangas curtas, à altura dos cotovelos. Chegaram-me, em pedaços de conversa, em frases incompletas, insinuações malignas a respeito dessa personagem. Não inspirava confiança. Por quê? Afirmaram-me vagamente que Van der Linden de certo modo se ligava à polícia, pelo menos se ligara. Acusação de tal monta, lançada sem prova, alarmou-me. Considerei que eu próprio ainda na véspera fora tomado como espião. E agora me faziam confidência de tanta gravidade. Qual o motivo da reviravolta? Despropósito na suspeita e na segurança com que me falavam, especialmente na segunda. Afinal os receios se justificavam, defesa natural. A mudança repentina me sobressaltou: nenhuma razão para me virem contar segredos. Busquei evitá-los, contrafeito. Como as informações se multiplicassem, tentei saber em que se baseavam. Nada de concreto: sugestões malévolas apenas. Indícios confusos encorpavam ali dentro, ganhavam relevo, mudavam-se em provas. Fora do mundo, aqueles espíritos caíam em forte impressionabilidade, gastavam as horas longas criando fantasmas ou admitindo, ingênuos, inventos alheios, as informações mais disparatadas. Só mais tarde percebi como embustes grosseiros nos enleiam no cárcere e esforcei-me com desespero por vencer o rebaixamento mental, a credulidade estúpida.

Ouvindo pela primeira vez semelhantes acusações, procurei reagir, mas talvez já houvesse em mim um esboço de alma selvagem. Escorregava pouco a pouco, involuntariamente dava crédito aos boatos. Seria injustiça? Faltavam-me elementos para julgar; no meio novo, a repetição da crueldade verrumava-me na cabeça. Talvez houvesse alguma verdade nos rumores. Enfim que me importava que houvesse ou não? Era ali um estranho, e buscava refugiar-me nos meus pensamentos, olhar pela vigia o litoral branco, as pequenas ondas luminosas; os pensamentos embrulhavam-se, partiam-se, voltavam às murmurações insidiosas, levianas, e a vista se desviava da paisagem uniforme, ia fixar-se na criatura serena, melancólica, de braços cruzados, a um canto, respirando mal. Preocupava-me notar o isolamento de uma pessoa na multidão. De fato, não era bem isso. Dirigiam-se a Van der Linden, aparentemente ele não se distinguia dos outros; mas observavam-no, alguns remoques deviam chegar-lhe aos ouvidos. Se se inteirava da vigilância e das picuinhas, o nosso inferno era insignificante comparado ao dele. É uma desgraça necessitarmos esses pontos de referência para aguentarmos uma situação difícil: vemos que alguém sofre mais que nós e deixamos de julgar-nos muito infelizes. E quem sabe se torturamos os outros simplesmente com o fim de experimentar-lhes a resistência? Em última análise estamos experimentando a nossa. Ainda não suportamos aquilo, mas vemos que é suportável.

Bem: não chegamos à posição desesperadora. Ideias assim, fragmentos de ideias embrulhadas, machucadas, cortadas ferviam-me no interior. E vinha-me também a recordação de Horácio Valadares a despedir-se fúnebre, agoureiro:

– Se não nos tornarmos a ver, ficam vocês sabendo o lugar da minha morte.

capítulo 22

POR volta de meio-dia trouxeram-nos caixões com marmitas e o almoço foi distribuído. Olhei de longe a comida feia, mas não foi o aspecto desagradável que me fez evitá-la. Reaparecera-me a inapetência, e só a vista do alimento me provocava náuseas. Voltei-me para o exterior, fui embeber-me na monotonia das ondas, até que a refeição terminasse. Espantava-me conseguir uma pessoa mastigar qualquer coisa diante das imundícies que se agitavam e decompunham na vaga de mijo. O fedor horrível — confusão de cheiros com predominância de amoníaco — já não me afligia: habituara-me a ele e envenenava-me sem perceber isto. Fumava sem descanso, e temia que me chegasse o momento de abandonar o vício.

No escotilhão estabelecera-se um pequeno comércio. Foi ali com certeza que achei meio de renovar a minha provisão de fósforos e cigarros. Não me recordo. Também não sei como nos forneciam água. Lembro-me de que ela se achava à entrada, perto do camarote do padeiro, mas esqueci completamente se estava em balde ou ancoreta, se vinha de encanamento. Afasto a última suposição, estou quase certo de que não existia nenhuma torneira. Esta lacuna me revela o desarranjo interno, pois a sede era grande, estávamos sempre a beber. Findo o rumor das colheres nas vasilhas de lata, arrastados os caixões, reingressei na vida escura da furna, um espinho na consciência.

Inútil, ocioso, a vagar à toa, ouvindo a parolagem dos grupos, tentando familiarizar-me — e o trabalho abandonado. Nunca me vira sem ocupação: enxergava na preguiça uma espécie de furto. Necessário escrever, narrar os acontecimentos em que me embaraçava. Decerto não os conseguiria desenvolver: faltava-me calma, tudo em redor me parecia insensato. Evidentemente a insensatez era minha: absurdo pretender relatar coisas indefinidas, o fumo e as sombras que me cercavam. Não refleti nisso. Havia-me imposto uma tarefa e de qualquer modo era-me preciso realizá-la. Ou não seria imposição minha esse dever: as circunstâncias é que o determinavam. Indispensável fatigar-me, disciplinar o pensamento rebelde, descrever o balanço das redes, fardos humanos abatidos pelos cantos, a arquejar no enjoo, a vomitar, as feições dos meus novos amigos a acentuar-se pouco a pouco. Não nos encontramos todos os dias em tal situação; de alguma forma devia considerar-me favorecido. Ao chegar, sentira-me atordoado, mas nem uma vez me viera a ideia de estar sendo vítima de injustiça. Lá fora comportava-me automaticamente. A repartição, o despacho, o bonde, o horário, conversas bestas com indivíduos que se mexiam como se fossem puxados a cordões. Ali me exibiam aspectos inéditos da sociedade. Avizinhei-me dos meus troços, afastei a calça e o paletó, dobrados cuidadosamente, abri a valise, retirei o bloco de papel e um lápis, arrumei tudo de novo, sentei-me num caixão, pus-me a escrever à luz que vinha da escotilha.

Provavelmente fiquei horas a trabalhar, desordenadamente. Queria atordoar-me, sem dúvida. As letras se acavalavam, miúdas, para economizar espaço, e as entrelinhas eram tão exíguas que as emendas se tornavam difíceis. Realmente nem me lembrava de corrigir a prosa capenga. Faltava-me a certeza de poder um dia aproveitá-la. Os guardas viam-me entregue a ela; quando mal me precatasse, viriam examiná-la, destruí-la; ou talvez eu mesmo a inutilizasse. A hora do jantar não me foi preciso levantar-me, vencer a náusea a olhar as ondas: continuei sentado, jogando na folha os desarranjos que me fervilhavam no espírito. Convidaram-me com insistência, quiseram levar-me para junto dos caixões e das marmitas. Algumas pessoas estranharam a recusa. Um dia inteiro em jejum.

Escrevi até a noite. Se houvesse guardado aquelas páginas, com certeza acharia nelas incongruências, erros, hiatos, repetições. O meu desejo era retratar os circunstantes, mas, além dos nomes, escassamente haverei gravado fragmentos deles: os olhos azuis de José Macedo, a contração facial de Lauro Lago, a queimadura horrível de Gastão, as duas cicatrizes de Epifânio Guilhermino, o peito cabeludo e o rosário do beato José Inácio, a calva de Mário Paiva, os braços magros de Carlos Van der Linden, o rosto negro de Maria Joana iluminado por um sorriso muito branco.

Escureceu, acenderam-se as lâmpadas. Afizera-me ao ambiente e já não me impressionavam o cheiro de amoníaco e o burburinho de feira. Também a sombra leitosa em que boiavam luzes tinha desaparecido. Agora se destacavam os focos elétricos pendentes do teto. No centro o lago de urina estava bem iluminado; as margens se envolviam em penumbra, e no ponto em que me achava as figuras desmaiaram, as letras pouco a pouco se sumiram. Levantei-me, os beiços rachados, a língua ardente, com sede. Fumava o dia todo e assaltavam-

-me às vezes ligeiras vertigens. Encaminhei-me ao lugar onde bebíamos e não achei água, fiz demoradas buscas inutilmente. A lembrança da noite, do pesadelo extenso, do calor, do negro a coçar as pelancas nojentas, afligiu-me. Naquele estado, o estômago vazio, a garganta seca, ia estirar-me novamente na tábua suja, asfixiar-me, ouvir gemidos, roncos, pragas, borborigmos, delirar, avizinhar-me outra vez da loucura. À medida que o tempo se passava os meus receios cresciam. Tentava iludir-me: ambientado, não experimentaria as ânsias da véspera; na verdade as causas do tormento haviam sido o colarinho, a gravata, a roupa grossa de lã; metido no pijama leve, ser-me-ia possível talvez dormir.

Adiava a hora de recolher-me. Muitos prisioneiros já se haviam entrouxado pelos cantos, e não me decidia a aproximar-me da valise posta em cima do estrado onde me deitara. De repente um mulato de cara enferrujada apareceu, querendo vender-me uma rede por quinze mil-réis. Aceitei-a sem regatear, mas surgiu uma dificuldade: não havia lugar para armá-la, e assim ela não representava nenhum valor. O negociante, engenhoso, cortou o embaraço: milagrosamente se guindou com agilidade de macaco, e em dez minutos o objeto salvador se estendia, amarrado firme a duas colunas, a grande altura, na boca da escotilha. Admirei a perícia do homem e entreguei-lhe uma cédula de vinte mil-réis. Foi buscar o troco. Num momento estaria de volta. Fiquei a esperá-lo, conversando com João Anastácio e Miguel, os dois passageiros que se haviam relacionado comigo. Os outros ainda estavam nebulosos e distantes. Como se chamava aquele sujeito? Não souberam informar-me, e, como o tipo não regressasse, desisti da espera, despedi-me aborrecido por me haver deixado lograr, tentei alcançar o ninho que se agitava muito acima das nossas cabeças. Era uma difícil escalada. Sem tirar os sapatos, utilizando como degraus os punhos das outras redes, consegui chegar à minha, afastei as varandas, operação complicada, e mergulhei no seio de pano com um suspiro de consolo. Não havia travesseiro nem cobertas. Arranjar-me-ia sem eles.

O calor diminuíra bastante: findava o receio de congestionar-me, sufocar-me; o ar, porém, ainda era espesso, e voluntariamente me privaria de cobertura. Conseguiria dormir, apesar da sede; esta ideia afugentava as preocupações e dava-me paz. Ligeiras picadas no estômago faziam-me pensar nos caixões e nas marmitas, enojado. Nenhuma fome: com certeza não me seria possível engolir nada. As goelas queimavam, os beiços rachados ardiam, e achava-me tranquilo. Realmente não era tranquilidade perfeita. Inclinando-me um pouco, via lá embaixo, numa ponta do estrado, a valise, a calça, o paletó, o chapéu; de quando em quando me voltava para vigiar estes bens. Algumas cédulas, níqueis e pratas estavam em segurança, no porta-moedas, escondido no bolso do pijama, por baixo do lenço. Achava-me bem e adormeceria logo se uma insignificância não me perturbasse: a recordação do mulato enfarruscado que me abafara cinco mil-réis. Eu lhe teria dado cinquenta sem hesitar. Aperreava-me a safadeza estúpida. Porque não me havia o idiota pedido mais, em negócio? Porque se contentava com um furto pequeno, descoberto em minutos? Ladrão indecente. Enfim aquilo era juízo temerário: possivelmente o homem andava a procurar-me para restituir a diferença. No dia seguinte regularizaríamos a transação. Zangava-me por estar perdendo tempo com semelhante niquice, buscava livrar-me dela, considerar friamente os absurdos que me rodeavam. Impossível: diluíam-se, atrapalhavam-se, figuravam retalhos de sonhos. Nesse estado, meio inconsciente, de costas, as mãos cruzadas no peito, distingui a pouca distância um polícia negro junto à amurada. Despertei num instante, pensei na criatura bestial que me fizera descer a escada fixando-me uma pistola às costelas. A suspeita e o calafrio de repugnância num momento cessaram. O indivíduo ali próximo não se assemelhava ao bruto corpulento: era um rapaz alto, magro, de feições humanas; debruçado, parecia examinar o interior do porão. Encarei-o, pedi:

— Faz o obséquio de me dar um copo de água?

Balançou a cabeça, hesitou:

— Difícil. Será que o senhor pode subir até aqui?

Sem esperar resposta, saiu, voltou com um copo de água, curvou-se para dentro; engatinhei, segurando-me ao punho da rede, à corda, ergui-me no suporte oscilante, cheguei aos varões da amurada, agarrei-me, alcancei o braço estendido, bebi sôfrego. Mas aquilo não bastava: repetimos a operação quatro ou cinco vezes. Não sei como agradeci: murmurei com certeza algumas palavras convencionais e vazias. E escorreguei no fundo da cova movediça, abriguei-me nela arquejante, de barriga para o ar, os olhos presos no soldado.

Estranho, estranho demais. A fadiga alquebrava-me, impedia-me esboçar um sorriso de reconhecimento. Precisamos viver no inferno, mergulhar nos subterrâneos sociais, para avaliar ações que não poderíamos entender aqui em cima. Dar de beber a quem tem sede. Bem. Mas como exercer na vida comum essa obra de misericórdia? Há carência de oportunidade, as boas intenções embotam-se, perdem-se. Ali me havia surgido uma alma na verdade misericordiosa. Ato gratuito, nenhuma esperança de paga; qualquer frase conveniente, resposta de gente educada, morreria isenta de significação. Na véspera, outro desconhecido, negro também, me havia encostado um cano de arma à espinha e à ilharga; e qualquer gesto de revolta ou defesa passaria despercebido. Esquisito. Os acontecimentos me apareciam desprovidos de razão, as coisas não se relacionavam. A violência fora determinada apenas pela grosseria existente no primeiro negro;

o ato caridoso pela bondade que havia no coração do segundo. Ausência de motivo fora isso, eu não merecia nenhum dos dois tratamentos. Era razoável observá-los com frieza, alheio e distante. Impossível. Insensibilizava-me à brutalidade, encolhera os ombros indiferente, como se não fosse comigo; tinha-me habituado a ela na existência anterior, dirigida a mim e a outros. Não podia esquivar-me àquela piedade que ali espreitava o fundo do porão, em busca de sofrimentos remediáveis. Nunca percebera, em longos anos, casos semelhantes. As ideias desmaiaram, fugiram, e, aos embalos doces da rede, caí num sono de pedra.

capítulo 23

NO DIA seguinte descobri em Sebastião Hora uma extravagância: expôs, quando nos avizinhávamos da Bahia, o projeto de comunicar-se com o governador, que certamente iria visitá-lo a bordo. A princípio julguei que se tratasse de brincadeira e resolvi colaborar nela. Perfeitamente: um chefe de governo entrando no porão, com ajudante-de-ordem coberto de alamares e troços dourados, para entender-se com um prisioneiro — muito bem, nada mais natural. Em seguida alarmei-me. O homem falava sério. Conhecera anos atrás Juraci Magalhães, que certamente iria vê-lo, prestar-lhe auxílio. Lauro Lago sorriu e murmurou:

— Ilusão pequeno-burguês.

Esse reparo foi insuficiente para chamar o nosso amigo à realidade: forjara uma convicção oposta aos fatos, queria firmar-se nela, cegar voluntariamente, confessar aos outros a cegueira e receber confirmação, pelo menos apoio tácito que lhe preservasse o engano. Tencionei divergir, indicar a degradação, a miséria em que nos achávamos. O desacordo seria inútil: ninguém ali precisava que lhe avivassem os sentidos. Loucura imaginar um político influente descendo àquela profundeza; antes de cair a noite Sebastião Hora se decepcionaria. Claro, intuitivo. Mas não desejava convencer-se e tinha fome de consideração. Quando a miragem se dissipasse e o estado lastimoso novamente lhe surgisse, maquinaria outros fantasmas, embalar-se-ia noutros sonhos. Fora isso, revelava-se perfeitamente lúcido, examinando, com José Macedo e Lauro Lago, as causas do insucesso do movimento de Natal. Refugiava-se no passado ou entretinha-se a adornar um futuro improvável; não queria ver o presente. Acomodara-se junto à escada, a mala ao alcance da mão, parecia aguardar um esclarecimento, o fim do equívoco, mudança para um camarote de primeira classe. Repugnando a triste boia das marmitas, entendera-se com a despensa e recebia numa bandeja alimento de passageiro decente. Desfazia-se em prodigalidades, as gorjetas lhe minavam certamente os recursos. Convidou-me para tomar parte nessa ostentação e nesses banquetes. Sempre recusei: se me fosse possível mastigar qualquer coisa, resignar-me-ia à comida ordinária. Qualquer modificação no tratamento de um de nós significava, no meu entender, ofensa aos outros. O nosso pobre amigo isolava-se deles, conservava-se arredio, e isto devia ser-lhe particularmente doloroso; a impossibilidade clara de amoldar-se à vida suja, admitir a convivência fortuita com pessoas humildes, infelizes, até ladrões, perturbava-o. Entendia-se com os dois chefes e acolhia a submissão do ex-contínuo doutor, encalombado e retinto, que ali, de cócoras, recebia do presidente ordens e pedaços de carne.

Os outros alagoanos, capitão Mata, Benon, Ezequiel Fonseca, Vicente Ribeiro, Manuel Leal, se haviam dissolvido na multidão rio-grandense. Os lineamentos dos homens pouco a pouco se iam definindo; às vezes se misturavam, e em roda surgiam figuras desconexas, uma balbúrdia. Fiz uma lista de nomes; para dirigir-me a alguém, precisava consultá-la, e atrapalhavam-me, confundia os indivíduos. Eram duzentos ou trezentos, vários abatidos pelo enjoo. Não haveria lugar para tantos se as redes não se superpusessem, umas quase tocando o chão, outras alcançando o teto. Dia e noite encerravam corpos: enervadas, ociosas, muitas pessoas viviam deitadas, só se levantando à hora da comida. Tínhamos de andar em ziguezagues e curvaturas, evitando os choques dos balanços, passando por baixo dos punhos. A porcaria aumentava consideravelmente. Se não viessem fazer baldeação, dentro em pouco não teríamos um pedaço de tábua limpa. Mexia-me cauteloso, as calças arregaçadas, examinando cuidadosamente o chão. O sujeito que me ficara a dever cinco mil-réis desapareceu, não sei como achou meio de ocultar-se. Às vezes eu o enxergava de longe. Aproximava-me, e o focinho escuro, carrancudo, se desviava, baixava, tinha jeito de farejar-me para dissimular-se nos grupos. Não consegui perguntar como se chamava o desgraçado porque nunca me foi possível indicá-lo. Miserável. Em semelhante apuro, ralar-se ainda mais escondendo-se por causa de um furto miúdo.

Em dois dias aquela gente começava a familiarizar-se comigo. No quartel, eu e capitão Mata vivêramos quase duas semanas a tratar-nos cerimoniosamente; guardávamos recordações que eram travancas e nos distanciavam. Agora criaturas anônimas falavam-me como se tivéssemos estado sempre juntos. Nenhum receio de molestar-nos suprimindo cortesias de fato ridículas nas situações em que nos achávamos. Lá fora tínhamos ocupações diversas, usávamos linguagens diferentes e nos distinguíamos pela roupa; ali, no calor, malvestidos, meio nus, usando vocabulário escasso, fundindo as gírias da caserna e da estiva, parolávamos na inércia forçada e nos íamos depressa nivelando. E nenhum esforço fazíamos para isso: era a autoridade que nos juntava, suprimia de golpe barreiras por ela própria conservadas e reforçadas. Operários e militares sediciosos, pequeno-burgueses detidos por suspeita, socialmente valíamos tanto como o ladrão que me vendera a rede. Entender-me-ia com ele, seríamos talvez amigos, se o animal não preferisse lesar-me da maneira mais estúpida. Enfim, pela primeira vez, pessoas de outra classe manifestavam-se com franqueza diante de mim. Certas discrepâncias faziam-me pensar em nossas vidas anteriores: um *vosmicê* me chocava, me empurrava para lugar estreito, em demasia preenchido, onde não me era possível caber. Não havia à beira do lago nauseabundo espaço para nenhum senhor. Esquecíamos diferenças sem querer. Se quiséssemos esquecê-las, seríamos falsos, postiços, intrusos, não conseguiríamos entendimento: estaríamos de sobreaviso, aguardando a qualquer momento manifestações desagradáveis. Evitávamos contrafazer-nos, exibíamos honestamente qualidades naturais e qualidades adquiridas, fugíamos a interpenetração impossível. Evidentemente a minha sintaxe divergia da de Miguel e de João Anastácio, mas isto não constituía nenhum óbice: compreendemo-nos e fomos amigos alguns dias. Isso diminuiu o horror daquela infame travessia, enchemos tarde e manhã com palestras hoje perdidas. Estarão realmente perdidas? Guardaram-se no papel afanosamente rabiscado enquanto as colheres rangiam raspando as marmitas. As notas desapareceram. Os dois homens permanecem, vivos, um agitado, contraditório, modos inquietos de rato, outro sereno e fosco, sem idade, a pele curtida, múmia. O beato José Inácio entrou a desviar-se de mim. Nunca mais tive necessidade de lhe pedir nenhum favor. Lembrava-me dos fósforos oferecidos na primeira noite, do braço curto, peludo e escuro, do rosário de contas brancas e azuis a aparecer pela abertura da camisa grossa de algodão. A ameaça que me dirigia transparecia às vezes no olhar torvo, rancoroso. A habilidade cênica de Mário Paiva expunha-nos com frequência a flauta do Lobato. A tagarelice desenxabida amolava-me. Contudo habituei-me a ela: estranhava os rápidos silêncios do homem e buscava importunar-me novamente:

— De quem era a flauta, Mário Paiva?

E a resposta vinha pronta, mal cantarolada.

— A flauta era de Lobato. Minha avó sempre dizia: toca flauta, seu... Lobato tinha uma flauta. A flauta era de Lobato.

Em certa ocasião a voz estridente de Benon chamou-me longe:

— Fulano.

Avizinhando-me dele, percebi a indignação resmungada e furiosa de Manuel Leal:

— Ah! Negro! Isso tem cabimento?

E apostrofou-me severo:

— A culpa é sua. Dá ousadia a esse moleque.

Pobre Manuel Leal. Recordava-se de me haver conhecido menino, filho de proprietário da roça, proprietário na verdade bem chinfrim, e espantava-se daquela mudança. De algum modo se sentia alcançado pelo rebaixamento que me atribuía. Caixeiro-viajante, fizera muito negócio com meu pai, gabara-lhe provavelmente as virtudes: a exatidão rigorosa em pagar contas, vintém por vintém, e a avareza excessiva, a ambição de arrancar exorbitâncias do freguês. Considerando-se pouco mais ou menos igual a mim, afligia-se por me ver aceitar a camaradagem de *raça impura* e *classe inferior*, temia ser induzido a nivelamentos perigosos. Desejava talvez formar ali um pequeno grupo diverso da canalha suja e malvestida, sem banho. De fato, não nos lavávamos nem mudávamos a roupa, estávamos imundos, sem dúvida; mas não tínhamos vivido sempre assim. Víamos a porcaria nos corpos dos outros, iríamos percebê-la nas almas dos outros, e seria horrível supor que também estivéssemos imundos. Essa impossibilidade de auto-observação levaria com certeza vários de nós a buscar um isolamento impossível, avivaria susceptibilidades, provocaria desavenças, choques, rixas, motivaria ódio ou desprezo, faria de companheiros inimigos ferozes. Logo no começo me surgiam aquelas incompatibilidades de mau agouro. Se pudesse abrir-me com Manuel Leal, dir-lhe-ia que as nossas pequeninas importâncias antigas não valiam nada. Viagens, mostruários, lábias de cometa, vendas, recibos, tudo se diluía nas sombras de um passado morto. Não conseguiria explicar-me — e isto me causava surpresa. Entendia-me com João Anastácio, Miguel, Epifânio Guilhermino, gente estranha, e deixava a um canto o meu velho conhecido de basta cabeleira negra e olhos vivos. Agora os olhos esmoreciam cansados e os cabelos estavam completamente brancos.

capítulo 24

A TARDE chegamos à Bahia. Vi a cidade emergir pouco a pouco do nevoeiro, ganhar contornos, crescer, avizinhar-se. O calhambeque passou a barra, cortou as águas calmas do porto e atracou. Agora não me achava como na manhã da véspera, enxergando coqueiros, dunas, telhados de armazéns longe, procurando localizar na praia a minha casa de arrabalde: com o rosto encaixilhado na vigia, em atenção forçada, cheia de fugas, observava o trabalho dos carregadores, o movimento dos carros a rodar nos trilhos, as funções de um guindaste, a lingada a balançar, a descer, ondas pequenas lambendo o molhe verde. Faziam-me falta as veias da minha terra, botes e canoas a jogar desesperados, sumindo-se aqui, surgindo além, galgando a crista da vaga. Perto, a azáfama, o cruzar de passageiros e visitantes, risos, abraços, despedidas, lágrimas. Recordei-me de haver pisado aquelas pedras vinte anos atrás, em viagem para o sul, buscando cavar a vida. A noite embrenhara-me em diversas ruas, sem conseguir chegar ao telégrafo. Um desconhecido solícito se propusera a ensinar-me o caminho. Dobrava esquinas, avançava, recuava, oferecia-me esta informação desconsoladora:

— Acho que devia ser por estes lados.

De volta a bordo, achara-me no salão repleto. Uma estrangeira velha se acamaradara comigo: dizia-me casos do Rio, dava-me conselhos, e eu lhe respondia num francês que ela se esforçava terrivelmente por entender. Havia dança e o piano desafinava. Um viajante besta queria recitar. Despertara-me a curiosidade uma família de mulatos, cinco irmãos de cores variadas: havia um sujeito mascavo, de carapinha, beiçudo, e uma louraça bonita, perfeitamente branca. Essas coisas chegavam-me à lembrança enquanto me detinha observando a agitação do cais. Mudança completa em vinte anos.

Ociosos, basbaques interrompiam o trânsito, e um moleque dava mostras de examinar cuidadoso o interior do porão: mais de uma hora em pé, indo e vindo sem se afastar muito do mesmo lugar, esticando o pescoço magro, a vista fixa nas caras estranhas, nas cabeças que se metiam pelos buracos e pareciam guilhotinadas. O interesse manifestado pelo negrinho originou-me a ideia de que ele desejava comunicação: talvez um amigo de qualquer de nós o enviasse ali para colher notícia, dar-nos esperanças. Espigado na roupa nova, o sujeitinho inspirou-me confiança: fiz-lhe sinais, pedi-lhe que se aproximasse. Naquele apuro, esforçando-nos embora por conservar o juízo, a reflexão, tornamo-nos crédulos em demasia: tudo em redor de nós se altera, os sentidos nos dão impressões esquisitas, o pensamento se embrulha, para, ou se atira em cabriolas insensatas. Poucos objetos, fatos escassos, nos arrastam a conclusões pasmosas. E às vezes, na carência dos objetos e dos fatos, criam-se fantasmas. Sebastião Hora, pela manhã, não tivera nenhum indício de que Juraci Magalhães iria visitá-lo: admitira uma hipótese gratuita e logo a mudara em certeza. O meu caso era menos grave: estava ali um negrinho bem-vestido a espiar-nos, curioso, a beiçorra contraindo-se num sorriso infantil. Não nos trazia nenhum aviso, claro: afastei a possibilidade remota e vacilante. Certifiquei-me, porém, de que ele poderia mostrar lá fora pedaços da nossa existência no sepulcro. Aferrei-me à convicção e, não sei por que extravagância, imaginei-o próximo de Edison Carneiro, capaz de se avistar no mesmo dia com este amigo, com quem me correspondia. Depois de muitos acenos, gritei com toda a força dos pulmões débeis:

– Conhece Edison Carneiro?

A interrogação abafada perdeu-se; repeti-a diversas vezes, até julgá-la compreendida. O tipinho balançou a cabeça afirmativamente. Considerei absurdo jogar semelhante frase numa cidade populosa e sobrestive; passados minutos, inquiri novamente:

– Sabe onde fica a Rua dos Barris?

Outra afirmação, o risinho inexpressivo colado nos beiços grossos. Bem. Nenhum disparate: pisávamos o terreno firme das probabilidades: andar nas vias públicas, olhar as placas, era exercício de qualquer transeunte. Do navio para a terra estabeleceu-se um diálogo que supus bastante claro: berros de um lado, gestos, aprovações silenciosas do outro. Perguntei ao sujeito se ele queria ser portador de uma carta. Consentiu. Sem dúvida: agitava o crânio mirim com doçura a tudo quanto ouvia, e nem me vinha a suspeita de não me fazer entender. Fui abrir a valise, retirei o bloco de papel, escrevi a lápis um bilhete narrando o miserável estado em que nos achávamos. Evitava pensar que o escrito não chegaria ao destino; e caso chegasse, o meu distante camarada nenhum recurso tinha para auxiliar-nos; contudo afligia-me a necessidade urgente de enviar-lhe aquela exposição. Rabisquei à pressa, interrompendo-me a cada instante para examinar o negrinho, receando que ele se ausentasse. Falava-lhe nesses intervalos, embaralhava explicações. Descasquei em seguida uma laranja, cuidadosamente. Lancei na água o fruto, e a casca. Uma longa fita em espiral foi enrolada com jeito e, afinal, se tornou uma esfera oca. No interior pus a folha dobrada. Fiz algumas recomendações ao negro, medi atento a distância que nos separava, meti o braço pela vigia, arremessei a bola com vigor desesperado. Atingiu o cais, rolou, estacou a dois metros da borda. Apesar de haver traçado o endereço bem nítido, em caracteres graúdos, comecei a esgoelar-me, repetindo com insistência:

– Edison Carneiro. Rua dos Barris, 68.

O rapaz olhava-me perplexo e interrogava-me sacudindo a cara chata. Só então me veio a certeza de que ele não havia percebido as minhas falas. Expliquei-lhe aos berros que ali havia um papel e continuei a dar-lhe as indicações precisas: o nome e a residência do escritor baiano. Mas já não tinha nenhuma confiança no resultado: ou a minha voz fraca desfalecia no burburinho, nos rumores da carga e da descarga, ou me achava diante de uma estupidez maciça.

Trabalho perdido. Inúteis os brados e os acenos. Calei-me zangado comigo, por me haver iludido à toa, furioso com mulato, que não me entendera e, alheio ao guindaste, aos visitantes, aos passageiros, aos carregadores, continuava a farejar o porão, como um rato, erguendo o focinho, dirigindo-nos os bugalhos claros. O risinho insignificante, a hesitação, os modos oblíquos, tinham-se esvaído. Evidentemente não me ligava importância: espalhava a atenção pelos outros rostos, pelas aberturas desertas. Estivera imóvel uns minutos, fingindo escutar-me, a face obtusa contraída numa careta. Recomeçara o passeio. Alguns passos para um lado, alguns passos para outro, demora curta, e novamente se deslocava, sem despregar a vista do costado da embarcação. Nessas idas e vindas passava perto da laranja – e persuadia-me quase de que ia baixar-se e apanhá-la. Tudo se sumiu. Numa das viagens encontrou no caminho o objeto dos meus cuidados. Parou, deu-lhe um pontapé, jogou-o na água. Durante algum tempo o bilhete e o invólucro meio desfeito boiaram na onda, sacudiram-se, bateram no muro esverdeado. E desapareceram.

capítulo 25

RECOLHI-ME, fui entregar-me à redação das minhas notas, mas não consegui fixar-me nelas: a atenção se desviava, fugia para uma figura negra que da coberta nos examinava com insistência. Era um eclesiástico moreno e robusto, de expressão enérgica. Ficava tempo esquecido a pesquisar o fundo do porão, como se procurasse pessoas conhecidas; metia a mão direita na manga esquerda da batina, parecia indicar ter ali qualquer coisa para enviar-nos. Nunca o tendo visto antes, conservei-me arredio, mas fiquei sabendo o nome do homem. Padre Falcão embarcara na véspera, em Maceió; provavelmente estava ali buscando meio de ser útil aos viajantes de Alagoas. A autoridade experimentaria dura surpresa se conhecesse aqueles manejos. Excelente padre Falcão. Durante o resto da viagem notei-o mais de uma vez em ronda ao nosso curral. O olhar grave se adoçava, os lábios firmes se entreabriam num sorriso bom, exibindo enormes dentes. Era pouco mais ou menos o que poderíamos desejar, ver alguém interessar-se por nós, demonstrar-nos uma solidariedade comprometedora. Isso lá fora passaria despercebido; ali tinha valor imenso: é de coisas semelhantes que fazemos as nossas construções subterrâneas.

A verdade é que não consegui escrever. Deitei-me cedo, sem tirar os sapatos, como no dia anterior. Realmente não havia lugar onde colocá-los: se os largasse no chão, amanheceriam com certeza molhados de mijo; ou talvez o gatuno de cara enferrujada os levasse. Necessário vigiar a maleta, a calça e o paletó bem visíveis na ponta do estrado. A chavezinha estava comigo, dentro do porta-moedas; nos bolsos da roupa não havia nada suscetível de furto. Apesar disso, a bagagem não me parecia segura. Se não fosse o receio de molestar os companheiros, tê-la-ia levado para dentro da rede. Ser-me-ia então possível dormir livre de cuidados. A vigilância pouco a pouco se tornava maquinal: embrenhando-me em pensamentos confusos, às vezes despertava erguendo-me sobre o cotovelo, curvando-me sobre a varanda para examinar os troços, a esquina da tábua suja. Esforçava-me por distinguir nos rumores o som de um piano. As redes imóveis: o calhambeque permanecia atracado, provavelmente. Àquela hora visitantes e passageiros estariam dançando no salão; um cretino desejava recitar; diversos irmãos mulatos exibiam coloração muito variada; uma francesa velha, experiente, dava conselhos a um provinciano ingênuo, interrompia-se para resmungar a frase percebida vinte anos atrás: *"Quel pays, mon Dieu!"* Haveria um piano a bordo? Talvez não. Viajávamos num traste horrível, caduco, ótimo para naufrágio. Contudo a recordação da antiga viagem me perseguia. A qualquer momento me chegariam compassos de valsa aos ouvidos. Três ou quatro indivíduos, no bar, se distraíam bebendo e jogando poker. Um casal novo se encostava à amurada, em ponto obscuro. Algumas mulheres alegres, em cadeiras de vime e espreguiçadeiras, se expandiam com sujeitos ruidosos, numa grulhada internacional. Bem. Essas observações de vinte anos não tinham significação. Tolice imaginar ali perto o imbecil do recitativo, a família mulata, a francesa idosa, os jogadores do poker, o enlevo de um par jovem; provavelmente argentinas e polacas airadas já não vinham cavar a vida no Brasil.

Fumei o último cigarro, lembrei-me de haver esgotado o sortimento da valise. Calculara mal as exigências do vício e achava-me em dificuldade. Passaria o resto da noite sem fumar, não me chegaria o sono. Levava a mão ao bolso, mecanicamente, irritava-me, quando vi, por cima da minha cabeça, o negro que me havia matado a sede. Sem refletir, fiz o pedido:

– O senhor me arranja, por obséquio, três maços de cigarros e fósforos?

– Que marca? – perguntou o soldado.

– Qualquer uma.

Pareceu-me que indicar a marca era demasiada exigência. Quis designar a que habitualmente usava; talvez não fosse achada, e acanhar-me-ia ver o rapaz ir duas vezes ao bar por encargo tão insignificante. Julgava-me sem direito de escolher, temia que o homem se impacientasse. Era um acaso feliz encontrar quem me valesse em tal dificuldade. Retirei uma cédula da carteira, segurei-me à corda, alcancei os varões de ferro, como na véspera, entreguei o dinheiro ao polícia, jurando no íntimo não tornar a incomodá-lo, voltei a estirar-me, cansado. Em consequência da inércia obrigatória, ou por falta de alimentação, qualquer esforço me abatia. Ao cabo dez minutos o misericordioso preto ressurgiu:

– Abra a rede.

Afastei as varandas, recebi em cima do peito os objetos da encomenda, as pratas e os níqueis do troco.

– Muito obrigado.

Pus-me a fumar, embalado por uma doce tontura. Com o navio atracado, as oscilações que experimentávamos eram quase insensíveis. Sentia-me realmente bem. As pessoas e as coisas em redor esmoreciam na fumaça do cigarro, as ideias escassas decompunham-se, volatizavam-se, e afinal eu já nem sabia se aquela tênue neblina estava dentro ou fora de mim. Adormecia, acordava, a brasa do cigarro cobria-se de cinza e avivava-se. As pálpebras uniam-se, descerravam-se penosamente, nos vaivéns dos cochilos a figura do negro desaparecia, reaparecia, e isto me reconciliava com a humanidade. Uma grande paz me envolvia, ausência completa das complicações que me aperreavam. A dorzinha aguda que o abscesso da unha me causava extinguia-se, era apenas um leve torpor. Nem picadas no estômago nem contrações nos intestinos: era como se estes órgãos não existissem. Nada havia ingerido ultimamente, impossível até pensar em comer. Ia com certeza prolongar-se a medonha sitiofobia, mas a perspectiva de nenhum modo me assustava. Indiferença. Tanto rendia estar ali como acolá, viver de uma forma como de outra, ou não viver. Não me desgostava acabar suavemente, escorregar aos poucos na eternidade, envolto em sentimentos generosos, levar comigo a recordação do negro que velava a minha fraqueza, firme e sério, de braços cruzados. A visão benigna desmaiou e sumiu-se, as trevas do sono cobriram-me, foram-se adensando.

Ligeiras pancadas no corpo despertaram-me súbito. Estremeci, depois me revoltei: da coberta jogavam no porão cascas de tangerina, que me vinham cair dentro da rede. Procediam exatamente como se as lançassem num chiqueiro. Protestei furioso, mas o protesto e a fúria desanimaram, a voz fraca deve ter morrido a poucos metros. Resignei-me em seguida. Inútil gritar. Um chiqueiro, evidentemente. Era como se fôssemos animais.

– Covardes.

Não xingava, não desabafava: reconhecia somente um fato. Aliás, dependia de nós enxergar naquilo um vilipêndio. Não me supunha aviltado. Por instantes imaginei que ignoravam na tolda a nossa existência de tatus. Impossível. Os ruídos, o falatório de algumas centenas de pessoas, o fedor que se exalava da infame cloaca facilmente nos revelavam. As cascas de tangerina caíam-me sem cessar na rede. Tencionei apanhá-las, atirá-las no charco de urina. Contive-me – desprendiam cheiro agradável, e isto obliterou os últimos resíduos da cólera, fez-me esquecer o intuito ruim que as tinha enviado. Esmaguei-as entre os dedos, aspirei o odor acre e espesso; o sumo embebia-se nas mãos, impregnava-se na roupa. Não queria julgar-me tão desgraçado como as aparências indicavam. Um negro boçal me dirigira a pistola à espinha, à ilharga, ao peito. Um negro compassivo me exibira cantos secretos da alma, belezas nunca suspeitadas. Agora indivíduos ocultos, inacessíveis, tentavam ofender-me, insultar-me. As ofensas e os insultos esfumavam-se no ar, convertiam-se em presente amável.

Aqueles fatos não encerravam, possivelmente, a significação que eu lhes atribuía. O selvagem de bugalho vermelho me encostara sem raiva a arma ao corpo: ação repetida, profissional, movimento de bruto impassível. Entregando-se ao comportamento bestial, conservava longe o espírito, numa cama de meretriz vagabunda, num botequim sujo de arrabalde. E a criatura solícita que me favorecera duas vezes comportara-se levada pelo hábito, nem avaliava a grandeza do benefício. Proceder mecânico de funcionário. Arreliava-me essa conjetura, confessava-me ingrato. Para justificar o primeiro soldado, reduzia a benevolência do segundo. O infeliz jogo mental nos despoja, nos rouba os impulsos mais sãos. Contingência miserável. Nessa tentativa de nivelamento, precisava esquivar-me às injúrias que vinham da coberta, me batiam nos braços e no rosto, me coloriam de uma camada amarela verdoenga. Loucura ressentir-me. Aquilo era bom. A fadiga crescia, atava-me os membros. E resvalei na escuridão, tranquilo, absorvendo as emanações das cascas de tangerina, que me vieram perfumar os sonhos.

capítulo 26

VENDO-ME a redigir as notas difíceis, sentado no caixão. enxergando mal na sombra densa, o nariz junto à folha, a valise sobre os joelhos servindo-me de escrivaninha, o padeiro ofereceu-me o seu camarote, perto do escotilhão e do mictório improvisado. Não me lembro do oferecimento — e isto revela a minha perturbação. Nem consigo reconstituir a figura do padeiro. Sei que era um homem baixo, moreno, de mangas arregaçadas. O resto perdeu-se. O indivíduo que me livrou daquele inferno e me facultou algumas horas de silêncio e repouso sumiu-se e poucos traços me deixou no espírito. Esqueci as conversas que tive com ele. Provavelmente não houve conversa. Algumas palavras apenas.

E achei-me num cubículo onde havia um beliche, mesa estreita e cadeira. Havia-me em dois ou três dias esquecido completamente desses confortos. Agora podia utilizar móveis, arriar no assento gasto, alongar o braço em cima de uma tábua, escrever direito; a luz que entrava pela vigia, às minhas costas, iluminava parte do papel. Fechava-me, aturdia-me na composição. O espírito estava lúcido, mas era lucidez esquisita: percebia tipos, ocorrências, em fragmentos; quando se tratava de estabelecer relação, surgiam cortes, hiatos, falhas alarmantes. Um inseto a zumbir-me nos ouvidos. Seria efeito do ar denso ou do longo jejum? Fatigava-me, saía, andava a escutar pedaços de conversas. Notariam a minha confusão? Pouco provável. Exteriormente devia ser um sujeito de senso; não me capacitava disto e media cuidadoso palavras e gestos. Precaução desnecessária: nenhum desejo de falar, preguiça de juntar as ideias mais singelas, impossibilidade total de meter-me em qualquer discussão: largariam na minha presença os maiores absurdos, e calar-me-ia, aprova-los-ia tacitamente. Aborrecia-me, contendo bocejos, até ouvir o arrastar dos caixões, o tinir das colheres nas marmitas; recolhia-me, cerrava a porta. Insuportável o cheiro da comida. Se me fosse possível mastigar um bocado, a zoeira deixaria de perseguir-me. No calor, despojava-me do casaco, punha-me a arquejar, expondo-me ao vento morno e salgado que entrava pela vigia. Tinha licença para estirar-me na cama e não hesitava em servir-me dela. Ausência de susceptibilidades: não me importava encostar-me em lençóis alheios, umedecê-los de suor, manchá-los, manchar-me. Agora os meus trastes se arrumavam num canto: ali estavam resguardados, longe do sujeito que me furtara cinco mil-réis. Não me fora possível reencontrar esse canalha: tinha um jeito de escapulir-se, agachar-se, mergulhar, por causa de uma insignificância. Fizera-me enorme favor — e esgueirava-se com medo. Eu pretendia dizer-lhe que estava muito agradecido; o miserável fugia e culpava-se. Tais desencontros amargam em demasia, enchem-nos de fel: queremos expressar agradecimento sincero — e verificamos que o nosso salvador é um patife. Somos forçados a reconhecer que os valores estabelecidos se modificam. Precisamos viver, embora não seja certo que a nossa vida represente qualquer utilidade. Procuramos aguentar-nos de uma ou de outra maneira, adquirimos hábitos novos, juízo diverso do que nos orientava lá fora.

Antes de me entocar naquele abrigo, desculpava-me da inércia alegando a mim mesmo ser difícil combinarmos frases com decência entre duas ou três centenas de pessoas, ouvindo pragas, gemidos, roncos, vômitos. Falavam-me a cada instante, perturbavam-me. A feição misteriosa e inquieta de Miguel, a pachorra, a frieza, os olhos agudos de Anastácio, a parolagem frívola do estudantezinho João Rocha afastavam-me do trabalho. Esses estavam perto de mim. Mas não me era possível deixar de atentar noutros mais distantes. A cicatriz medonha de Gastão repuxava-lhe os músculos do rosto, estampava-lhe um sorriso sarcástico, invariável, e isto me dava a impressão de que o rapaz zombava dos meus desesperados esforços para agarrar-me a um assunto. Paulo Pinto, sifilítico, exibia umas canelas pretas finas demais. Era ele que tinha uma bala na perna? Várias vezes busquei examinar esse ponto; as informações perdiam-se. Bem. Se não era ele, seria talvez o chauffeur Domício Fernandes. Um dos dois. A verdade é que não cheguei a distinguir Domício Fernandes de Paulo Pinto. Confusão desarrazoada: juntos, notava-se que diferiam bastante; vendo um deles, sempre me aconteceu trocar-lhes o nome. Os olhos vermelhos do cabra de Lampião indicavam malvadez. Bicho sarará, arrepiado, os fogachos duros brilhando na alvura sardenta, Euclides era feroz, sem dúvida. Impossível fixar a atenção no período riscado, emendado, incompleto. No camarote do padeiro a insuficiência permanecia — e já não tinha recurso para justificar-me. Vergado no caixão, quase de cócoras, o braço encolhido, limitar-me-ia a reproduzir sem comentários cenas próximas: seria uma espécie de fotógrafo ou repórter; agora, isolado, necessitava arrumar pensamentos, e eles recalcitravam. Defendia-me dizendo a mim mesmo não me achar inteiramente só: aqueles berros, ali próximo, rebentavam-me os tímpanos. Quem estaria a vociferar com tanta violência? Ramiro, com certeza. Ia-me acostumando aos seus furores. Tinham-lhe causado lá de cima algum incômodo, batera-lhe talvez no corpo uma casca de tangerina, e o garoto se danava em gritos roucos a inimigos invisíveis, parecia que o estavam estrangulando. A coragem doida do menino encantava-me. Com certeza não tinha consciência do nosso estado. Enquanto os outros se moviam cautelosos, falando baixo, ele pisava firme, dirigia-se aos soldados em destampatórios, excedia-se em exigências ásperas, verdadeiras ordens. Depois ria num estouvamento feliz, alheio à imundície, corria por todos os cantos, exibindo as bochechas coradas, e à noite repousava calmo, como se o protegesse o sorriso doce da mamãe. A bulha de Ramiro não me deixava escrever. Levantava-me, satisfeito por achar explicação para o meu desarranjo interior, abria a porta. Mário Paiva se avizinhava, remoía uma verbosidade insípida, cantavam pela centésima vez a flauta do Lobato. Nunca vi pessoa mais pau. Contudo eu gostava dele. Uma caceteação original, caceteação amável. Víamos daquele ponto o grupo que se estabelecera à entrada e quase nunca se afastava dali. José Macedo fumava placidamente o cachimbo, vermelho e gordinho, entendia-se com os companheiros de Natal, dava-lhes conselhos, fazia contas, sentado na rede. Suponho que era o caixa, andava sempre cochichando negócios de dinheiro. Ex-diretor do tesouro, dois dias ministro da Fazenda revolucionário, habituara-se ao ofício e prolongava-o. Sebastião Félix, amigo dos espíritos, ia adquirindo uns modos fúnebres de espírito; desdenhava a existência terrena e acolhia-se no outro mundo. Operação lastimosa, com luz fraca, tentou ali realizar o pequeno dentista Guerra no queixo do estivador

João Francisco Gregório, que estava feroz, de cara túmida, aperreado com um molar. Guerra manejou o paciente conforme as regras e meteu-lhe o boticão na boca; desprezou o dente cariado e, com destreza, segurou um perfeito; como a vítima reclamasse, agitou o instrumento, fez fincapé, bradando enérgico:

– Doente comigo não tem conversa.

Houve um rugido. Uma garra prendeu-lhe a mão, tomou-lhe o ferro. E o largo pé do estivador plantou-se no peito magro do dentista, que foi cair longe. Sebastião Hora continuava junto à escada, a mala ao alcance da mão. Lugar inconveniente. A latrina ficava lá em cima e havia sempre gente a subir e a descer. As duas mulheres passavam, depois desapareciam além das cortinas estendidas ao fundo. Nenhuma comunicação conosco. O riso acolhedor de Maria Joana banhava-lhe o rosto negro, mas Leonila tinha uma sisudez fria de metal. Sertaneja, provavelmente, educara-se e vivera no horror ao homem. Ausência de palestras, de familiaridade. Escondia-se, levava a outra para a fornalha, iam assar, frigir-se, derreter-se na temperatura medonha. Coitadas. Entre nós distrair-se-iam, respirariam por baixo da escotilha, abreviariam as horas, esqueceriam as misérias e as privações; refrearíamos as nossas línguas, os operários deixariam de contar anedotas obscenas e insulsas. Penalizavam-me em excesso as pobres mulheres, atormentava-me ver Maria Joana, tão viva e tão fresca, estiolar-se no retiro e no mormaço. Comparado à furna delas, o camarote do padeiro significava luxo e ostentação. Afligia-me ocupá-lo, sentar-me em cadeira, firmar os cotovelos em mesa, quando a alguns passos homens acabrunhados vergavam sobre malotes e trouxas. Envergonhava-me. Talvez essa vergonha fosse um pretexto para esquivar-me, abandonar o lápis e o papel.

A verdade é que não me trancava muitas horas. Ordinariamente deixava a porta aberta, em minutos o cubículo se enchia. Como prosseguir na tarefa diante daqueles indiscretos que me vinham examinar a escrita por cima do ombro? Além de tudo era-me indispensável observar as pessoas, exibi-las com relativa fidelidade. Outra razão para vadiagem. Os meus desesperados esforços rendiam menos que nos primeiros dias. Tinham-me servido para alhear-me, esquecer as fisionomias decompostas no enjoo e na febre, a imundície, o calor. Representavam de fato um refúgio. Agora podia ocultar-me, dispensar aquele recurso. E não sossegava, tinha remorso por achar-me inútil. Erguia-me, chegava-me aos novos camaradas. Necessário conhecê-los bem. A sinceridade patenteava-se no rosto de Lauro Lago, na voz breve, sacudida, incisiva. Capitão Mata, furioso na chegada, ambientara-se; rapidamente conservara o apetite, animava-se, ria satisfeito, como se tivesse vivido sempre num porão; abandonara os toques da corneta, os dentes de sagui, usava palavras subversivas e ia-se tornando um revolucionário perigoso. Van der Linden arfava penosamente, a resignação no rosto pálido. Carlindo Revoredo, nome esquisito. Tudo nele era esquisito. Por que não falava, não se mexia? Intrigava-me aquele gigante imóvel e silencioso.

capítulo 27

MANDARAM-NOS subir à coberta, apinhamo-nos em magote ao pé de um mastro. Que diabo estaríamos fazendo ali? Desejava informar-me, apesar de saber que a pergunta seria inútil. Nenhum dos companheiros estava em condição de satisfazer-me a curiosidade, e evidentemente os sujeitos que nos davam ordens não iriam explicar-se. Esse automatismo, renovado com frequência nas cadeias, é uma tortura; as pessoas livres não imaginam a extensão do tormento. Certo há uma razão para nos mexermos desta ou daquela maneira, mas, desconhecendo o móvel dos nossos atos, andamos à toa, desarvorados. Roubam-nos completamente a iniciativa, os nossos desejos, os intuitos mais reservados estão sujeitos a verificação; e forçam-nos a procedimento desarrazoado. Perdemo-nos em conjeturas. Será que, trazendo-nos para aqui, tiveram a intenção de melhorar-nos a saúde, fazer-nos respirar um pouco de ar puro, mostrar-nos o sol? Por que não pensaram nisso antes? Não, com certeza estamos em erro: ninguém vai inquietar-se com os nossos miseráveis pulmões. Porque nos trouxeram, pois? Talvez tenham querido mostrar-nos aos passageiros virtuosos, expressar-lhes indiretamente que é possível coagi-los, equipará-los a réprobos como nós, se não se comportarem bem. As suposições nos atordoam, falhas todas, enxergamos enfim uma causa imprevisível ou permanecemos na ignorância.

Naquela manhã ficamos duas horas entre fardos e caixas, meio encandeados à luz. Formávamos juntos um acervo de trastes, valíamos tanto como as bagagens trazidas lá de baixo e as mercadorias a que nos misturávamos. Em redor de nós uma cerca invisível se erguia: não nos aventurávamos a afastar-nos dali, ignorávamos se nos restava o direito de chegar à amurada. O mar tinha-se tornado vermelho, um vermelho carregado tirante a negro. Longe surgia a coloração natural, perturbada por manchas escuras, indecisas; perto uma dessas nódoas se alargava e definia, viajávamos nela, curiosa esteira de algas cor de ferrugem. Durante algum tempo aquilo nos interessou e prendeu; como nada se alterava, depressa nos cansamos, ali permanecemos indiferentes, ao desabrigo, buscando em vão pelos arredores uma nesga de sombra. Um sujeito acocorado a alguns metros, oferecia mangas. Achei-lhes boa aparência, comprei uma, descasquei-a com o instrumento que o vendedor tinha no cesto: canivete ou faca. Nenhum apetite, as entranhas sempre inertes; o que me tentou foi a beleza amarela. Cortei um pedaço da polpa, tentei mastigá-la. Súbita contração paralisou-me o queixo, arrepiou-me — teria cuspido se a boca não estivesse inteiramente seca. Azedume incrível. Repeli com ódio o amaldiçoado fruto. O arremesso violento jogou-o na água, serviu-me para medir a distância que me separava da amurada. Não me abalançava a transpô-la, andar cinco ou seis passos, ir debruçar-me, examinar a ferrugem viva que o navio sulcava.

Nenhum sinal de terra, nada alterava a monotonia. Em vão pesquisávamos o horizonte, buscando jangada de pescador ou asa de gaivota. Enervado, sentei-me num caixão, estúpido, em duro silêncio, os olhos e os ouvidos inúteis. Suponho que ninguém me dirigiu a palavra, e se isto sucedeu, mostrei-me surdo: o assunto mais interessante não dissiparia o longo marasmo. Enojava-me ter as mãos sujas e não poder lavá-las: o suco da manga colava-me os dedos, a umidade pegajosa me desagradava em excesso. Impossível obter um caneco de água. O meu desejo era descer livrar-me da viscosidade, entrar no camarote do padeiro. Ia-me habituando àquela existência de bicho em furna; as desgraças, repetindo-se, deixam de impressionar-nos, mudam-se em fatos normais. Excetuando-se a figura do excelente padre Falcão, um soldado a aparecer na escotilha, os portadores do almoço e do jantar, não víamos lá dentro pessoa que nos recordasse a liberdade. Ganhávamos calos na alma, atenuavam-se as misérias por falta de comparação. Realmente infeliz era o pobre Manuel Leal, que resistia, se esforçava por estabelecer entre nós diferenças impossíveis. Em geral nos acomodávamos de qualquer jeito.

A mudança daquele dia nos agravou o desassossego. A gente da primeira classe matava o tempo rondando no convés, agrupava-se, estacionava; enchia-me de vergonha, imaginava estarmos a servir de motivo a pasmaceira; com certeza olhares oblíquos, gestos de rancor e desprezo, se dirigiam a nós. Achavam-me objeto de análise e cotejos humilhantes: viam-me nos olhos baços, na cara pálida, na magreza, no encolhimento, sinais de criminosos. O desespero de Manuel Leal por não se poder manifestar, declarar-se vítima, dizer aos passageiros bem-vestidos que gostava deles e abominava revoluções devia ser tremendo. A luz crua feria-me a vista, engelhava-me as pálpebras, molhadas como se por baixo delas corressem argueiros; ofuscava-me e não poderia afirmar se realmente excitávamos curiosidade: suposição e nada mais. Sobre as costas fervilhavam brasas. Nenhuma cobertura. Se andássemos alguns metros, acharíamos teto. Impossível retirar-nos: havia em torno de nós um muro invisível. Necessário ficarmos ali em pé, sentados, deitados, imóveis, expostos àquele terrível sinapismo luminoso. E não avistávamos faixa de praia, ave ou barco. A imensidão vazia, o alto céu azul, as plantas invariáveis, vermelhas, ferrugentas, espalhando na água o estranho lençol cheio de rasgões.

Duas horas de compridos bocejos. E obrigaram-nos a descer. Recebemos então uma agradável surpresa: durante a nossa ausência haviam feito baldeação na cafua, as porcarias tinham desaparecido, esgotara-se o poço de mijo, nas tábuas úmidas espalhava-se uma camada fina de areia. Bem. Alargava-se o espaço transitável, conseguíamos agora mexer-nos sem receio da onda pútrida. Acomodaram-se as bagagens, corpos fatigados estenderam-se com desafogo no chão limpo. E destravaram-se as línguas. Já não nos sufocávamos respirando amoníaco, estávamos quase alegres. Um operário de Rio Grande pôs-se a cantar uma lengalenga chatíssima que findava neste pavoroso estribilho:

– *Chenhenhen, chenhenhen, chenhenhen, chenhenhen.*

Risos, anedotas. Naquele ambiente desmanchar-se-ia talvez o bolo que me subia à garganta, voltar-me-ia a saliva à boca ardente. Mas foi um breve intervalo. A hora do almoço novos resíduos se acumularam no chão. E como havia sempre alguns homens de costas junto ao camarote do padeiro, o líquido marejou, filetes engrossaram na areia.

capítulo 28

TINHA-ME recolhido ao anoitecer. E olhava lá de cima o balanço vagaroso das redes, ouvia o burburinho confuso da multidão vaga. Pensava em muitas coisas indefinidas ou não pensava. Queria segurar-me a casos pessoais, remotos e inconsistentes: filandras, tolice pensar neles. Partiam-se a cada instante, deixavam-me diante dos olhos a realidade chinfrim: homens exaustos, uns tentando erguer-se, outros sonolentos e febris.

Algumas dúzias de criaturas vivas agitavam-se, falavam, davam-me a impressão de passear num cemitério. Eram as que me interessavam. As trouxas humanas abatidas pelos cantos, a arquejar, nada significavam. Felizmente a visão obscena, o preto sem-vergonha a coçar, a repuxar as pelancas nojentas dos quibas, desaparecera. A tromba safada e lorpa sumira-se; às vezes me aborrecia voluntariamente a procurá-la em vão. José Inácio, o caboclo do rosário, me evitava sempre, continuava a ameaçar-me de longe com olhares maus, sintomas da revolução beata que lhe fervia no interior.

O mulato enfarruscado, ladrão de cinco mil-réis, agachava-se pelos cantos, exibia furtivo um pedaço de focinho. Desviava-me dessas chateações próximas, refugiava-me noutras distantes. O mundo se tornava fascista. Num mundo assim, que futuro nos reservariam? Provavelmente não havia lugar para nós, éramos fantasmas, rolaríamos de cárcere em cárcere, findaríamos num campo de concentração. Nenhuma utilidade representávamos na ordem nova. Se nos largassem, vagaríamos tristes, inofensivos e desocupados, farrapos vivos, velhos prematuros; desejaríamos enlouquecer, recolher-nos ao hospício ou ter coragem de amarrar uma corda ao pescoço e dar o mergulho decisivo. Essas ideias, repetidas, vexavam-me; tanto me embrenhara nelas que me sentia inteiramente perdido. Afligia-me especialmente supor que não me seria possível nunca mais trabalhar; arrastando-me em ociosidade obrigatória, dependeria dos outros, indigno e servil. Naquela noite devo ter remoído essas coisas, a agitar-me levemente; as varandas servindo-me de cobertas.

Do lugar em que me achava distinguia-se metade do alojamento; o sorriso e a barriguinha de Macedo, os óculos de Lauro Lago, as listas do pijama vistoso de Sebastião Hora e o acaçapamento do negro doutor estavam invisíveis. Não me seria possível ouvir a flauta de seu Lobato. De repente me feriu um som lento e queixoso, semelhante a um longo gemido. Curvei-me, observei os arredores. Estaria alguém a morrer? Ausência de anormalidade; figuras esquivas pelos cantos, bagagens, sombras, vultos caídos, o ramerrão de todos os dias; apenas o lago do centro, esgotado e varrido pela manhã, ainda não se refizera. O lamento chegou-me de novo, mais próximo, arrastado e nasal. Que seria? A voz dorida saía da treva e arrepiava-me a carne. Tentei discernir alguma palavra, inutilmente; só aquilo, o extenso brado lastimoso a avizinhar-se. Esboçaram-se pouco a pouco as modulações de um canto, na verdade bem estranho. Quem se abalançaria a executá-lo em semelhante lugar? Apurei os olhos e os ouvidos, percebi lá embaixo Paulo Pinto a iniciar um samba. Estava de pé e gesticulava, fingindo mover um ganzá inexistente; aproximava-se devagar, curvava-se, passava sob os punhos das redes. A princípio aquilo se engrolava num resmungo confuso; prudência e receio com certeza: não fossem passageiros e soldados, achariam que o porão se desarranjava e descomedia. As precauções desapareceram, as notas elevaram-se, ainda vacilantes, ganharam nitidez, o queixume pareceu transformar-se em dura exigência. Por mais que tentasse, não me era possível distinguir a letra da composição, e isto a valorizava. Sem dúvida versos insignificantes e errados. Não os discriminando, apenas me interessava pelo clamor que subia da escuridão. Algumas vozes se uniam à do sambista, formava-se um áspero conjunto, e a torrente sonora engrossava, transbordava, novos afluentes vinham juntar-se a ela, mudar-lhe o curso. Nada se combinara. Um murmúrio plangente, em seguida o rumor de cólera surda, e logo as adesões imprevistas, corpos a levantar-se nas redes, figuras aniquiladas a surgir da noite, espectros ganhando carne e sangue, pisando o solo com firmeza. Tinham estado em perfeita indiferença, numa resignação covarde e apática; a disciplina dos encarcerados, implícita e fria, ordenara as conversas zumbidas, o gesto vago, o passo discreto, respeito a autoridades invisíveis, general atrabiliário ou soldado preto boçal. Em minutos isso desaparecera. As espinhas curvas aprumavam-se; as expectorações e a tosse haviam cessado: os pulmões opressos lançavam gritos roucos, a animar a toada monótona do coro. Já não eram contribuições esparsas: dezenas de trastes humanos se erguiam, marchavam, os braços para cima, florestas de membros nus, magros e sujos, e o canto ressoava como profunda ameaça.

Ergui-me, sentei-me na rede. Um frêmito nos sacudia; agitavam-se todos em redor do grupo, cada vez mais numeroso; curvando-me um pouco, via-o perto, a alguns passos, e ainda se avizinhava, numa decisão imprevista. Perguntava a mim mesmo as consequências da rebeldia. A polícia iria descer e restabelecer a ordem, sem dúvida; o preto volumoso encostaria a pistola ao débil arcabouço de Paulo Pinto; algum indivíduo resistente aguentaria safanões e logo se acomodaria. Dormiríamos em paz, como bichos. Evidentemente aqueles homens não pensavam nisso: a música os enfurecia e cegava; com certeza haviam esquecido o perigo e o lugar onde vivíamos.

Súbito percebi movimento desusado no exterior. Desviei do bando ruidoso a atenção e fixei-a na coberta. Várias pessoas ali se achavam, curvadas sobre o parapeito que limitava a abertura; passageiros de primeira classe investigavam a nossa furna, curiosos; provavelmente iam reclamar contra o barulho, que chegara ao salão e os aborrecia. Agora Paulo Pinto e os companheiros estavam parados, exatamente por baixo da escotilha. Assistíamos a uma singular representação, arranjada sem ensaios, de improviso. A plateia comprimia-se num círculo, entusiasmava-se; lá no alto um público superior afluía àquela espécie de camarote que semelhava a boca de um poço. Aguardei os protestos algum tempo, em vão. Novas figuras surgiam na tolda, vivo interesse nas fisionomias: começavam certamente a contagiar-se. Os soldados da escolta vieram engrossar o número de espectadores — e nenhum se lembrou de conter a manifestação prejudicial: o negro da pistola não incomodaria Paulo Pinto. As vozes se espalhavam e cresciam, expunham raiva e desespero, as mãos se levantavam, os dedos se moviam, tinham jeito de garras, queriam despedaçar, rasgar, quebrar. Em resposta, difundiam-se lá em cima sorrisos de aprovação. Aquilo era absurdo, incoerente.

Como vinham pessoas medianas, razoáveis, tranquilas, animar semelhante desconchavo? Tinham admitido a segregação, ninguém a considerava injusta: havia qualquer motivo para estarmos ali como bichos em toca. Pela manhã formáramos um rolo confuso, entre caixas, malotes, engradados; não nos podíamos afastar; espreitavam-nos e não se avizinhavam, temiam inficionar-se com a lepra moral que nos consumia.

De repente soaram palmas. Que se havia passado? Hesitava em persuadir-me, desconfiava dos ouvidos e dos olhos: os indivíduos suspeitosos e hostis vinham aplaudir a violência e o ódio que ferviam no porão. E o tumulto se desenrolava, sob uma chuva quente de louvores. Um sussurro a princípio, lamento quase inaudível, mudara-se em vociferação exaltada. No dia seguinte deslizaríamos, taciturnos e oblíquos, falaríamos baixo, alarmar-nos-íamos com o estouvamento infantil de Ramiro; naquela noite, porém, largávamos as cautelas, desabafávamos, livres de receios. A arte de Paulo Pinto nos dava força às almas tristes, aos corpos fatigados. E comovia espíritos indiferentes, arrancava deles a aclamação que estrugia por cima das nossas cabeças.

Capítulo 29

FUMANDO em excesso, resolvi, por economia, usar cigarros ordinários: três, quatro maços por dia abalavam-me as finanças curtas. Quase todos ali nos inquietávamos com essas pequenas despesas: se esgotássemos a reserva mesquinha, estaríamos desarmados e a vida se tornaria insuportável. Nada produzíamos e gastos insignificantes nos causavam apreensão; o dinheiro adquiria um valor que lá fora estranhariam. Assim pensando, chegaríamos a desculpar o mulato que se escondia nos lugares piores, longe da luz e do ar: os cinco mil-réis lhe eram talvez indispensáveis.

Apenas dois homens, suponho, se mostravam alheios ao assunto que nos preocupava: capitão Mata e Sebastião Hora, o primeiro por ser criatura parcimoniosa em demasia, o segundo por desejar manter no porão os seus hábitos ordinários. As relações de Hora com a despensa deviam sair-lhe caras. Não atentava nisso e abria-se em oferecimentos com liberalidade extrema. Depois de sucessivas recusas, aceitei dele um biscoito, que mastiguei e não pude engolir: tive de cuspi-lo pela vigia, nada me entrava na garganta. Fascinou-me, porém, uma garrafa de aguardente que o despenseiro trouxe às escondidas. O destinatário recusou-a, abstêmio. Examinei o papel colorido, a cor do líquido: era exatamente aquilo que eu bebia enquanto laborava no romance difícil, interrompido várias vezes, entregue à datilógrafa ainda bastante sapecado. Informei-me do preço. Como o vendedor se negasse a indicá-lo, esperando com certeza paga generosa, dei-lhe o triplo da quantia exigida em minha terra. De nenhum modo o homem pareceu comover-se: o negócio de álcool nas prisões, clandestino e perigoso, requer lucro extenso, coisa que me passara despercebida.

Desarrolhei o contrabando e em redor percebi numerosos canecos a ameaçá-lo. Fiz uma distribuição avara, contando os pingos, o que não me livrou de uma perda avaliada em trinta por cento. Considerei o dever de solidariedade e o prejuízo, tomei um copo e fui trancar-me no camarote do padeiro. Mas não me achei só: Mário Paiva se sentiu de repente meu amigo íntimo e, julgando imprudência abandonar-me em semelhante situação, acompanhou-me. Sem dúvida essa camaradagem me serviu muito: se me arriscasse, debilitado, com o estômago vazio, a ingerir tudo aquilo, provavelmente me arrasaria. O ator se dispunha a não me deixar a probabilidade mais ligeira de adoecer: pelos modos, queria afrontar sozinho todas as inconveniências; mas aí fiz valer o meu direito de propriedade, decidi efetuar um racionamento enérgico. Media atento as duas porções, enganando-me algumas vezes contra o hóspede. Na cama do padeiro, arriado, Mário Paiva beijava o copo, bebericava chuchurreando, embrenhava-se numa parolagem vaga; pouco a pouco iam surgindo nela hiatos e repetições. Na cadeira, o cotovelo sobre a mesa, distraía-me a ouvi-lo sem perceber nada; via-lhe no rosto as nuvens da embriaguez a acentuar-se; os olhos iam ficando vítreos, as pálpebras cerravam-se, erguiam-se, tornavam a descer. Aparecia-me como um espelho: sentia-me também assim, os bugalhos duros e inexpressivos, gotas de suor a espalhar-se na testa, umedecendo a raiz dos cabelos. Mantinha-me em silêncio; comportar-me-ia daquele jeito se falasse, embrulharia assuntos, divagaria à toa. Não me inclinava a papaguear: a sombra interior obscurecia os fatos e os conhecidos próximos: Mário Paiva, inconsistente, perdia a significação.

O rótulo de tintas vivas, colado ao vidro, forçava-me a um lento recuo no tempo. A sala de jantar da minha casa em Pajuçara reconstituía-se. Era noite. Sentado à mesa, entranhava-me na composição de largo capítulo: vinte e sete dias de esforço para matar uma personagem, amarrar-lhe o pescoço, elevá-la a uma árvore, dar-lhe aparência de suicida.

Esse crime extenso enjoava-me. Necessários os excitantes para concluí-lo. O maço de cigarros ao alcance da mão, o café e a aguardente em cima do aparador. Estirava-me às vezes pela madrugada, queria abandonar a tarefa e obstinava-me nela, as ideias a pingar mesquinhas, as mãos trêmulas. Rumor das ondas, do vento. Pela janela aberta entravam folhas secas, um sopro salgado; a enorme folhagem de um sapotizeiro escurecia o quintal.

Perto, a garrafa de aguardente. Duas porções minguadas. Dentro em pouco iria mexer-me de novo, deitar outras nos copos, maquinal. Mário Paiva discorria, com abundância, naturalmente presumia estar sendo agradável. Seria melhor que ele se calasse, mas na verdade a tagarelice não me perturbava a recordação; nem me decidia a fazer a mínima tentativa para compreendê-lo. Se ele me descobrisse a inadvertência, conservar-me-ia distante, indiferente; não me importava o juízo de um estranho loquaz. Conjetura absurda: Mário Paiva não estava em condições de ter juízo e descobrir coisas. A voz dele, um burburinho, desmaiava no som das ondas, do vento; as ondas não quebravam no costado velho da embarcação, o vento não entrava pela vigia: eram ruídos longínquos a embalar-me o trabalho, na minha sala de jantar.

O braço, estendido sobre a tábua nua, movia-se em direção à garrafa, que já não estava no aparador. A toalha e os papéis tinham desaparecido. Bem. Era certo achar-me no camarote do padeiro; algumas horas depois iria estender-me na rede, por baixo da escotilha. Centenas de homens cochichavam além da porta, lembrando minúcias de uma revolução gora. Esquisito. Um mês antes isso não tinha realidade, ou tinha uma realidade confusa vista nos telegramas dos jornais. Agora me ligava a fatos pouco mais ou menos ignorados, esquecia casos a que dera muita importância. Não os esquecia, realmente: jogava-os num desvão, onde se empoeiravam, cobriam de teias de aranha; ressurgiam, sobrepunham-se ou subpunham-se aos outros, afinal se nivelavam, misturavam todos, e já não me era possível saber o que estava dentro ou fora de mim. Paulo Pinto, na véspera, entusiasmara a gente da primeira classe. Dificuldade enorme para assassinar o homem, passar-lhe a corda ao pescoço, deixá-lo pendurado a um galho, na escuridão. Que iriam pensar daquilo? Abrira-me com o editor: afirmara-lhe, em carta, que ele não venderia cem exemplares da história.

As ondas, o vento, os ramos do sapotizeiro, a garrafa de aguardente, o maço de cigarros, o bule de café. Um enterro, sem dúvida, enterro literário. Se me agradassem as confidências, trataria disso, interromperia Mário Paiva, embora ele não me compreendesse. Também não conseguiria explicar-me. As minhas ideias deviam ser tão indecifráveis como as que ele extraía do espírito nublado, fragmentárias. Resignava-me com certeza, levado pelo hábito, a simular interesse: sorria, balançava a cabeça aprovando, balbuciava uma interjeição animadora. Procedi evidentemente assim. Tomava-lhe o copo e aumentava-lhe, consciencioso, a desordem mental. Enfim, a garrafa de aguardente se esvaziou. Emergimos do sonho, erguemo-nos, fomos ver de perto as imundícies do porão, o lago de urina, que se havia reconstituído.

capítulo 30

TIVE uma forte hemorragia intestinal, coisa rápida, imprevista. Nenhuma dor, nenhum indício de que um vaso fosse rebentar. O estômago e a barriga não funcionavam desde a minha chegada: provavelmente estavam secos, as glândulas preguiçosas recusando-se ao trabalho. Era como se esses órgãos não existissem: admirava-me de achá-los entorpecidos, de não sentir neles um movimento, uma ligeira contração. Insensibilidade completa. Ainda se mexiam no começo, uma picada me fazia pensar no alimento, ocasionava a repulsa invencível; estavam agora em repouso de morte. Havia em mim, do tórax ao abdômen, uma sepultura. A boca estava queimada, as gengivas ardiam, o cigarro colava-se aos beiços, arrancava películas, deixando marcas de sangue; necessário escovar os dentes com muito cuidado: o dentifrício, chegando-me às feridas, semelhava cautério. A falta de salivação produzia-me a necessidade frequente de molhar a língua e as mucosas: refrescava-as com bochechos de água, depois gargarejava.

Inquietação vaga não me permitia ficar muito tempo num lugar. Entrava no camarote, saía, ouvia com fingido interesse as conversas de Sebastião Hora, Macedo e Lauro Lago. Tinha de cor diversas minúcias da rebelião de Natal; contudo, por mais que me esforçasse, não me era possível entendê-las.

De pé, encostado ao umbral, confundindo pessoas e acontecimentos do Rio Grande, as pernas abertas para evitar alguma cambalhota, distraía-me olhando a escada. As viagens incessantes dos companheiros à latrina. Foi a curiosidade que me fez imitá-los. Isso e também a lembrança de viver entre eles cinco ou seis dias, sem ter ido ali uma só vez. A imobilidade esquisita das vísceras começava a alarmar-me. Subi, entrei num quarto imundo. Paredes nojentas, papéis sujos a amontoar-se, a espalhar-se no chão, ausência de água, o ambiente mais sórdido que se possa imaginar. Difícil tratar desse ignóbil assunto, nunca em livro se descerram certas portas. Arrisquei-me a abrir aquela porta por me haver surgido o acidente: quando menos esperava, um jato de sangue. Num minuto estancou; mas o líquido viscoso, os coágulos, provocaram-me a necessidade urgente de banhar-me. Infelizmente era até impossível desejar isso. O meu pijama aderia ao corpo, fazia-me cócegas repugnantes; andavam-me pruridos na pele, davam-me a sensação de ser agredido por multidões de pulgas.

Afastei-me perplexo, desci a escada perguntando a mim mesmo se o caso seria grave. Talvez se houvesse quebrado alguma peça valiosa, sentia-me com o interior em cacos. A minha primeira ideia foi consultar Sebastião Hora, mas, e isto é incrível, o acanhamento que hoje não tenho de narrar, a porcaria tolheu-me a fala. Melindre estúpido. Justifiquei-me, alegando intimamente que Hora não estava em condições de prestar-me auxílio: reduzir-se-ia a fazer o diagnóstico, usaria expressões complicadas, evitaria assustar-me: rompera-se uma veia e logo se fechara, nenhum perigo. Dar-me-ia conselhos inúteis. Se pedisse um remédio à farmácia de bordo, era possível não o atenderem. Não atenderiam, firmava-me nesta convicção e tranquilizava-me. Acabada a surpresa, ia-me invadindo uma agradável apatia. Era realmente como se aquilo não fosse comigo. Nem uma vez tinha pensado no suicídio; não me inquietava, porém, a conjetura de adoecer, piorar, acabar-me ali ou ser transferido para uma enfermaria de indigentes. Embora não conseguisse alimentar-me, não me iria convencer de que o instinto de conservação desaparecera: tinha-me alvoroçado ao notar o jorro vermelho; refletira um pouco e o sobressalto esmorecera. Continuava a ocupar-me da unha escalavrada, fofa, a despregar-se: cortava-lhe pedaços e aplicava uma gota de iodo na carne; omitia às vezes o tratamento, insignificante, e escrevendo sentia dificuldade em segurar o lápis. Vinha agora uma complicação interna. Desejaria saber se ela iria agravar-se ou findar logo. Curiosidade apenas. Não podendo informar-me, resvalava em morna indiferença. Não me afligia achar-me fisicamente arruinado; desgraça era a certeza de nada significar a prosa lenta, composta com enorme preguiça. Escasseava a matéria, fugia a expressão. Dois volumes publicados e um inédito eram mesquinhos, o primeiro um horror, o último precisando emendas e cortes, o bom senso me afirmava isto, mas a literatura atual, guardada na valise, era muito pior.

Talvez a falta de alimento me enfraquecesse o espírito, queria persuadir-me de que a inapetência era transitória e logo me consertaria. Evasiva. Afastando-a, julgava todas as vísceras definitivamente estragadas, inferiores e superiores. Nunca me restabeleceria. Que diabo iria fazer lá fora quando me soltassem, desgraçado organismo carunchoso? Impossível fixar a atenção em qualquer coisa, a horrível estupidez a enevoar-me, fragmentando os pensamentos.

Inércia, necessidade urgente de repouso. Não me contentava o descanso na rede, o sono pesado, livre de sonhos: esperava um sossego completo e sem fim.

Não recorri, pois, às luzes de Sebastião Hora: conservei-me na ignorância e não tentei elucidar o caso. Mas obtive, por intermédio dele, nova garrafa de aguardente com o despenseiro. Arrisquei-me a comprá-la. Tencionava experimentar-me, saber se a máquina combalida suportaria segunda carga de álcool. A prova falhou. Distribuí, como da primeira vez, uma parte da aguardente com várias pessoas, tomei porção razoável e escondi a garrafa debaixo do colchão do padeiro. Uma hora depois achei-a vazia: Mário Paiva, aquele ingrato, abusando torpemente da minha hospitalidade, tinha bebido o resto.

capítulo 31

AO DESPERTAR, ouvi dizer que íamos entrando na baía de Guanabara. Desci da rede, tentei olhar as ilhas e os montes, quase esquecidos na distância longa de vinte anos; como todas as vigias estivessem ocupadas, limitei-me a relacionar as informações dos observadores, imaginar por elas os pontos que tocávamos. Algumas pessoas curiosas pretendiam, com o exame, orientar-se a respeito do nosso destino, largavam palpites desarrazoados. Isso me enfadava. Capitão Mata supunha que desceríamos na Colônia Correcional de Dois Rios, na ilha Grande. A ilha, segundo as minhas lembranças meio apagadas, ficava fora da baía, já devíamos ter passado por ela. Essa reflexão nenhum efeito produziu no espírito do rapaz: mantinha-se no erro, alardeando contentamento absurdo. As notícias da colônia eram indefinidas e agoureiras, talvez mais alarmantes por não se determinarem; a mais simples referência ao desgraçado lugar gelava as conversas e escurecia os rostos. A opinião de Mata cheirava a bazófia: aparentemente ele se manifestava assim por saber que havíamos atravessado a barra e o perigo desaparecera. Mas não devia ser isso, com certeza estava confuso. Apesar de se haver adaptado ao meio, rir, pilheriar, comer sem repugnância a triste boia dos caixões, imaginava decerto que, vivendo como vivíamos, qualquer mudança nos traria vantagem.

Depois de longa espera, consegui apoderar-me de uma vigia. Na terra, próxima, elevavam-se enormes blocos de cimento armado. Alguém, estirando um braço por cima do meu ombro, falou em Copacabana. Havia-me inteirado longe das modificações ali existentes; contudo não reconheci a velha praia, onde agora crescia a dura vegetação dos arranha-céus. Desviamo-nos, surgiram na costa pontos familiares; outros me haviam fugido completamente da memória; além, novos edifícios altos me ocasionavam dúvidas; perturbado, não me seria possível orientar-me.

Embrenhava-me na contemplação vaga quando me puxaram a manga: voltei-me, ouvi um sussurro, distingui na sombra um sujeito desejoso de comprar-me a rede. Em torno havia um burburinho de maribondos assanhados. Preparavam-se todos para o desembarque, arrumavam caixas, entrouxavam roupa, afivelavam as correias dos malotes. O ruído surdo, o movimento e a proposta feita num cochicho levaram-me à realidade: necessário arranjar-me, também, pôr as coisas em ordem. Só então me lembrei de que possuía uma rede; estorvava-me, certamente não iria acompanhar-me. Sem inquirir se ela me seria útil no futuro, larguei-a descuidoso ao freguês inesperado e, embora o dinheiro me preocupasse, recusei pagamento. Não achei que esse prejuízo voluntário significasse um disparate.

Fui recolher-me pela derradeira vez ao camarote, agradeci ao padeiro, vesti-me para sair. Dobrei as folhas do manuscrito, uni-as ao solado, tentei prendê-las ao pé com tiras de esparadrapo. Aquilo formava grande chumaço que ia rebentando a meia. Não podia calçar-me. Se pudesse, amarraria com dificuldade o cordão do sapato, caminharia mal, uma perna mais comprida que a outra. A andadura capenga iria denunciar-me. E repugnava-me esconder literatura daquele modo: o suor a estragaria, sujaria, tornaria ilegível. Descalcei-me pesaroso, desfiz-me do trambolho injurioso, alisei o papel amarfanhado, sepultei-o na valise, sob cuecas e lenços. Se o descobrissem, livrar-me-ia daquela aparência de contrabando. Caso natural redigido sem malícia, por hábito, com longa preguiça e infinitos bocejos. Logo reconsiderei: com certeza a maleta seria varejada, as miseráveis folhas corriam perigo. Retirei-as, tornei a dobrá-las, mergulhei-as no bolso interno do paletó: escapariam ali talvez da busca. Despedi-me do padeiro e, segurando a leve bagagem, fui reunir-me à gente que se comprimia junto ao mictório.

Enquanto haviam durado os preparativos, as idas e vindas no camarote, a troca da roupa, a colagem, a descolagem dos esparadrapos, voara o tempo, o navio atracara. Aguardávamos ordens, apreensivos. Iam sem dúvida separar-nos, e no porão tinham começado a esboçar-se camaradagens, apoiávamos nelas a nossa fraqueza.

Chamaram-nos, subimos a escada, revi o negro boçal da pistola e o que me prestava favores na escotilha; andamos no convés em linha, entre duas filas de polícias, descemos ao cais. Aí nos fizeram entrar em diversos ônibus grandes, as aberturas laterais guarnecidas por longas hastes paralelas de metal branco. Não observei os arredores, impossível dizer em que parte da cidade me achava. Presumivelmente havia numerosos basbaques a espionar-nos; não os vi nem atentei nos companheiros que se instalaram comigo no carro.

Sentado no banco, junto às varas metálicas, apenas distingui, fora, a pequena distância, um rosto conhecido. Conhecimento vago, que um instante me aperreou. Onde me havia aparecido aquela moça morena? Interroguei-me em vão, percebendo nos gestos da mulher o desejo de falar-me. Aproximou-se, disse coisas imperceptíveis, em seguida murmurou que o dr. Esdras ia bem. Dr. Esdras. Quem seria dr. Esdras? Vascolejei o cérebro, enderecei à informante um sorriso chocho, constrangido. Súbito me lembrei de haver conversado com ela, meses atrás, em Alagoas, no consultório de Esdras Gueiros. Bem. Experimentei certo alívio, decifrava-se a notícia; mas como podia alguém supor que tal comunicação, naquele momento, me interessava? Nenhuma palavra me ocorreu; acanhado, as orelhas a arder, evitei o olhar da criatura que, de pé no asfalto, me examinava a degradação. Era como se me vissem nu e sujo. Queria afastar-me depressa, fugir à curiosidade humilhante. Enfim o veículo se moveu. Atrapalhado, joguei um aceno à conterrânea, perdi-a logo de vista. Serenando um pouco, julguei que a frase dela encerrava talvez uma significação até ali oculta ao meu desarranjo mental.

– Dr. Esdras vai bem.

Provavelmente Esdras Gueiros estava sendo perseguido e conseguira escapar. Devia ser isto. Rodamos longo tempo, não sei por onde. Inerte, deixava-me levar. Enorme fadiga cerrava-me as pálpebras, dificilmente erguia o braço para levar à boca o cigarro.

Dobrávamos esquinas, e nem me lembrava de ver as ruas, ler as placas. Em volta zumbiam conversas mutiladas, cochichos pessimistas. Iam conduzir-nos à Polícia Especial, à Polícia Central; capitão Mata afirmava sempre, teimoso, que nos mandariam para a Colônia Correcional da ilha Grande. Essas opiniões aéreas me irritavam; em seguida vinha o sossego, o torpor, o sono. Para que debater coisas imprevisíveis?

Estacamos diante de uma prisão, esperamos que nos mandassem descer, mas ao cabo de meia hora partimos: não havia espaço ali para nós. Passado algum tempo, nova estação, igual resultado; não nos podiam alojar. Novamente nos pusemos a caminho. Insensível, nem tentei informar-me a respeito daquelas paragens: em roda as conjeturas diminuíam. Apesar da indiferença, espantava-me ignorarem completamente onde ficaríamos, andarem à toa em busca de cárceres para nós. Essa desordem me causou vago prazer. A tarde paramos em frente à Casa de Detenção, ainda uma vez nos amolamos espiando grades e sentinela. Depois de extensa demora, afinal desembarcamos, transpusemos o portão largo. Nessa altura um caso me despertou a curiosidade: o capitão Mata, que marchava junto a mim, dirigiu-se ao comandante da guarda, apresentou-se, mencionou antiga camaradagem feita no estágio referido no quartel do Recife.

– Não tem receio de falar a um preso?

O oficial arredondava os bugalhos, atordoado, e revolvia a memória. Achou provavelmente uma recordação aceitável: finda a surpresa, chegou-se a Mata, segredou qualquer coisa rápido, e afastou-se. Aquilo foi breve, passaria despercebido a quem se distanciasse um pouco na fileira. Minutos depois estávamos na secretaria, em pé, de cócoras, sentados em malotes, arriados em bancos; alguns se aproximaram de mesas sujas de poeira, ouviram as perguntas de três funcionários hábeis dispostos a caracterizar-nos, arrumar-nos convenientemente no papel. Bem. Agora nos personalizavam. Tínhamos sido aglomeração confusa de bichos anônimos e pequenos, aparentemente iguais, como ratos. Decidiam, em meia dúzia de quesitos, diferenciar-nos. Trabalho sumário, poucas linhas para indivíduo; como éramos duas ou três centenas e às vezes as indicações se atrapalhavam, minguavam, permanecemos ali até o anoitecer. O sujeito que me interrogou escuro e reforçado, certamente estrangeiro, exprimia-se a custo, numa prosódia de turco ou árabe. Nome. Profissão.

— Qual era o cargo que o senhor tinha lá fora? — indagou o tipo.

Sapecou a resposta e acrescentou, à margem, uma cruz a lápis vermelho.

— Que significa isso?

— Quer dizer que o senhor vai para o Pavilhão dos Primários.

— Por quê? Não entendo.

— É uma prisão diferente.

Aludiu ao meu emprego, realmente bem ordinário, na administração pública:

— Os outros vão para as galerias.

Difícil calcular se a mudança me daria vantagem ou desvantagem. Religião.

— Pode inutilizar esse quesito.

— É necessário responder — engrolou, na sua língua avariada, o homem trigueiro.

— Bem. Então escreva. Nenhuma.

— Não posso fazer isso. Todos se explicam.

De fato, muitos companheiros se revelavam católicos, vários se diziam espíritas.

— Isso é lá com eles. Devem ser religiosos. Eu não sou.

— Ora! Uma palavra. Que mal faz? É conveniente. Para não deixar a linha em branco.

A insistência, a ameaça velada, a malandragem, que utilizariam para conseguir estatística falsa, indignaram-me.

— O senhor não me vai convencer de que eu tenho uma religião qualquer. Faça o favor de escrever. *Nenhuma*.

A declaração foi redigida com lenta repugnância e concluiu-se o interrogatório. Ao levantar-me, divisei numa folha outro sinal vermelho, junto ao nome de Sebastião Hora. Cheguei-me à porta, onde se juntavam os que haviam cumprido aquela exigência, observei um pátio, o esvoaçar de pardais estrídulos em ramos de árvores, muros altos a cercar numerosos edifícios, já mergulhados em sombras. Surgiram luzes. Findo o arrolamento, levaram-nos à casa fronteira.

– É aqui o Pavilhão dos Primários? – informei-me

– Não – respondeu o sujeito de fala turca. – O Pavilhão dos Primários a esta hora está fechado. E amanhã, domingo, não se faz transferência. O senhor fica, até segunda-feira, com os outros.

– Está bem.

Percebi que haviam pretendido conferir-me uma distinção, balda possivelmente por teimar em considerar-me ateu. Lembrei-me da advertência injuriosa: "É conveniente." Se me acanalhasse afirmando possuir um deus, mandar-me-iam para lugar razoável, uma espécie de purgatório. Sebastião Hora, marcado também a lápis vermelho, estava conosco: sem dúvida se prejudicara dando resposta semelhante à minha.

Entramos. Enxerguei prateleiras carregadas de embrulhos, avizinhei-me de um balcão estreito, depus nele a valise. Alguém disse que nos achávamos na rouparia. Busquei em redor um móvel para sentar-me: nada vendo, permaneci de pé, o cotovelo sobre a tábua, ora a firmar-me numa perna, ora noutra. Fadiga, torpor nas coxas, dor aguda no ventre, a recordar-me o hospital, médicos, enfermeiros. Desfizeram-se os malotes, desdobraram-se as redes, retiraram-se as cordas, provavelmente receavam que um de nós quisesse enforcar-se. Tudo se revistou cuidadosamente, salvo as roupas do corpo; decerto ninguém admitia que tivéssemos armas, objetos perigosos; as minhas folhas, guardadas no bolso interno do paletó, não seriam descobertas. Os músculos dormentes obrigaram-me a tentar ligeiro exercício.

Afastei-me, dei alguns passos na sala, encostei-me a uma parede, sentei-me na valise: como a posição fosse incômoda, ergui-me, procurei instalar-me noutro lugar. Apesar do cansaço, não me era possível ficar imóvel. Uma coisa me chamava a atenção; era talvez que ela me fazia andar para aqui, para ali, a vista fixa, armando suposições. O empregado responsável por aquele serviço tinha como ajudante um moço franzino, risonho, amável, falador, metido em vestimenta clara, de listas verticais, meio invisíveis, a farpela dos encarcerados. Provavelmente a cor desmaiara à força de lavagens, de ácidos e o fato ignominioso tinha aparência vulgar, escapar-me-ia se o antebraço do rapaz não viesse despertar-me o interesse. Aí se percebia, tatuado, um esqueleto, ruína de esqueleto: crânio, costelas braços, espinha; medonha cicatriz, no pulso, havia comido a parte inferior da carcaça. Desejando livrar-se do estigma, o pobre causticara inutilmente a pele; sofrera dores horríveis e apenas eliminara pedaços da lúgubre figura. Não conseguiria iludir-se, voltar a ser pessoa comum. Os restos da infame tatuagem, a marca da ferida, iriam persegui-lo sempre; a fatiota desbotada conservava o sinal da tinta. Era-me impossível desviar os olhos da representação fúnebre. Em vão queria distrair-me. Tinha pena do infeliz e zangava-me. Para que fizera aquilo? A vistoria na minha bagagem durou pouco. Abri a valise, despejei-a sobre o balcão. O varejador sacudiu rapidamente os panos, não ligou importância aos lápis, ao papel, aos troços miúdos, retirou o frasquinho.

– Que é?

– Iodo.

– Não entra com isto.

– Por quê?

– Proibido.

Foi a lacônica explicação.

– O senhor julga que pretendo suicidar-me? Não está vendo que isso não dá para matar um homem?

– Proibido – volveu a criatura impassível.

Mostrei o dedo avariado:

– O senhor não vai obrigar-me a recorrer à farmácia da prisão para curar esta insignificância. O frasco de iodo foi comprado num quartel onde estive, no Recife. Lá isso não infringia o regulamento. Acho que o senhor não quer tomar-me também o esparadrapo.

– Bem – murmurou o sujeito.

Largou as miudezas, recebeu-me o chapéu, voltou-me as costas. Enchi a valise e coloquei-a no chão. Respirei aliviado, esforçando-me por adivinhar a razão da insistência em reter o vidro quase vazio: interessavam-me somente os lápis e o papel. Bocejei meia hora, a passear, zonzo. Findou a investigação, vimo-nos diante de uma porta. As reminiscências da operação picavam-me a barriga. As névoas do meu espírito se diluíam num ponto, deixavam na claridade uma blusa de riscas indecisas, vestígios da queimadura grave, pedaços de esqueleto.

capítulo 32

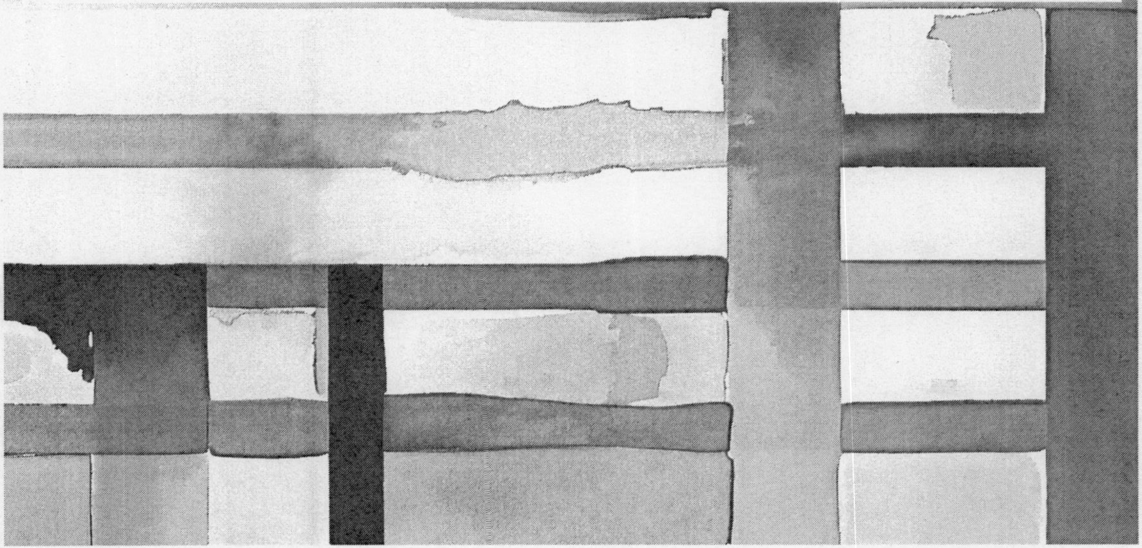

SUBIMOS uma escada, penetramos extensa galeria onde cárceres desembocavam. De quando em quando uma grade silenciosa se abria, algumas dezenas de companheiros mergulhavam na sombra, continuávamos a viagem. Na terceira ou quarta parada chegou a minha vez. A chave correu leve na fechadura, a porta de ferro se descerrou, achei-me num quadrângulo nu. Completa ausência de móveis. Tentei desembaraçar-me do chapéu e da valise, mas o chão vermelho estava molhado. Fiquei de pé, conversando com os vizinhos, experimentando pouco mais ou menos uma sensação de embriaguez. Apesar da confusão, devia aparentar calma, pois o carcereiro me indicou, largou uma frase que me feriu como chicotada:

– Este parece um candeeiro velho.

Estremeci:

– Hem?

– Entra como se estivesse em sua casa.

Cheio de vergonha, nada respondi, pois me faltavam elementos para refutar a opinião do homem. Se ele, observador profissional dos delinquentes, me via assim, teria lá as suas razões. Ponderei, extingui melindres. Tinha motivo para escandalizar-me? Não. Em duros casos, a observação podia ser considerada elogiosa. Consigo realmente ambientar-me depressa, acomodar-me às circunstâncias. Percorrendo o sertão, muitas vezes, quando a noite descia, amarrei o cavalo a uma árvore, envolvi-me na capa, estirei-me na terra e dormi, tranquilo e só. Não seriam piores que as cobras e outros bichos do mato os habitantes da prisão. Mas que teria eu feito para o indivíduo confundir-me com eles? Muitos ali aparentavam serenidade, riam, falavam naturalmente, e a preferência me tocara. Esquisito. Éramos quarenta pessoas, a maioria aquela gente amorfa que, durante a viagem, se arrumava pelos cantos do porão, no anonimato e no enjoo. Lembro-me apenas de Sebastião Hora, capitão Mata, Lauro Lago e Macedo. Num instante abriram-se os malotes, desdobraram-se e estenderam-se as redes no pavimento úmido. Se não houvessem tomado as cordas, seria possível armar algumas nos varões de grades opostas. Agora serviam de camas. Sobre a de Macedo, muito larga, foi aberto espesso cobertor de lã; em seguida apareceram lençóis e um travesseiro de penas.

Sentado na valise, encostado ao muro, distraía-me seguindo os movimentos vagarosos e o capricho do homenzinho gordo, envolto na fumaça do cachimbo; as mais insignificantes pregas se desfaziam, alisava-se cada peça com rigor. Despojara-me voluntariamente, pela manhã, de um objeto necessário: passaria a noite mal. Onde estaria o sem-vergonha carrancudo que me furtara cinco mil-réis e estivera uma semana a esconder-se? Talvez não nos tornássemos a ver. Éramos ali quarenta desordeiros, quase todos espíritas e católicos, segundo os papéis oficiais escritos à tarde — sobra do refugo humano acumulado no porão. Dispersavam-nos, rompiam-se camaradagens alinhavadas à pressa; a inquietação de Miguel e a energia imóvel de João Anastácio iriam morrer-me no espírito. Novas caras surgiriam, novos hábitos – e não teríamos tempo de fixar-nos. Se Miguel e João Anastácio reaparecessem, seriam criaturas diferentes, procuraríamos em vão qualquer coisa nas suas fisionomias apagadas. Instintivamente buscávamos associar-nos; a associação precária num momento se desmancharia. E vivíamos a receber choques na alma. Relações impostas, desfeitas, mentes diversas agrupando-se, repelindo-se; ajustamentos difíceis, súbitas explosões de incompatibilidades. Nessa altura o excelente Macedo me fez um gesto, cochichou oferta generosa, imprevista: havia espaço ali para dois corpos.

– Obrigado.

Arriei perto, senti a maciez fofa de panos: aquilo parecia colchão. Ignoro se veio comida, suponho que todos ficaram sem alimento. De cócoras, deitados, zumbiam à luz fraca da lâmpada muito alta. Exposição humilhante era a sórdida latrina, completamente visível. Sobre o vaso imundo havia uma torneira; recorreríamos a ela para lavar as mãos e o rosto, escovar os dentes. As dejeções seriam feitas em público. A ausência de porta, de simples cortina, só se explicava por um intuito claro da ordem: vilipendiar os hóspedes. Nem cadeiras, nem bancos, inteiro desconforto, o aviltamento por fim, a indignidade. Alguém teve ideia feliz: conseguiu prender uma coberta em frente à coisa suja, poupou-nos a visão torpe. Isso nos deu alívio: já não precisávamos fingir o impudor e o sossego de animais. Sebastião Hora resignou-se a pernoitar ao desamparo. Obteve um jornal, desdobrou-o no solo frio, despiu-se e, de cuecas, pôs a roupa cuidadosamente em cima da mala. Depois de longo estudo e experiências infrutíferas, deixou a camisa a secar nos ferros da grade.

Um sorriso malicioso vincava o rosto do capitão Mata, aprofundava-lhe a cicatriz.

– Dr. Hora – avisou ele –, essa camisa aí corre perigo. Vão levá-la, não tenha dúvida.

Hora, teimoso, desdenhou o conselho e deitou-se no papel.

– Está bem – murmurou capitão Mata. – Eu preveni. Amanhã o senhor arranja outra.

E apontava o corredor sombrio, onde transitavam guardas, a fiscalizar faxinas entregues a qualquer serviço. Quando viu o médico a dormir, levantou-se, retirou a camisa e guardou-a:

– Realmente ela não estava em segurança.

Fez os seus meticulosos arranjos noturnos e foi repousar; as astúcias da caserna lhe tinham conseguido lugar cômodo. Sem mudar a roupa, sentado à beira dos panos de Macedo, acompanhei o decrescer das vozes e dos gestos em redor; ao cabo de meia hora havia na sala um estranho calçamento de figuras abatidas. Pareciam numerosas em excesso: difícil mexer-nos entre elas. Era como se me achasse numa vala, único sobrevivente no meio de cadáveres, e nas grades do cemitério surgia de quando em quando um rosto de demônio, a vigiar-nos, talvez o mesmo tipo que me associara aos habitantes da cadeia. A turba imóvel crescia, vultos remotos e confusos vinham juntar-se a ela, povoar-me a insônia.

Havia na parede uma larga barra azul de quase dois metros, e acima curiosa legenda em letras nítidas, muito bem desenhadas: "*Fulano, Beltrano, Sicrano estiveram aqui presos, em tal data, como comunistas.*" Eram oito, dez ou doze nomes, guardei somente os de Medina e Bagé. Quem seriam? Impenetráveis, desconhecidos, talvez menos desconhecidos e impenetráveis que a maior parte dos homens ali juntos. A inscrição me insinuou duas ideias. Em primeiro lugar julguei-a fanfarronada, quixotice. Realmente, se o Partido Comunista era ilegal, tais linhas só renderiam desgosto: não encerravam confissão; também não protestavam; davam mostra, sem esboçar defesa, de aceitar o juízo da polícia. Imaginei que, entre os indivíduos arrolados, alguns, de fato responsáveis, tentavam, por aquele meio, nivelar-se a outros, alheios à política. Estes consentiam em figurar na lista, receosos de mostrar-se covardes. Pensei no capitão Mata, em Manuel Leal, em José Inácio. A segunda ideia que me veio foi uma pergunta: como haviam conseguido escrever a tão grande altura, aonde o braço não chegava? No compartimento nem vestígio de mobília. A falta de escada, o pintor subira com certeza aos ombros dos amigos e caprichara no desenho da informação. E tinta? Bem. A cor das letras era igual à da faixa. Levantei-me, raspei com a unha a parede, num instante os dedos se cobriram de pó azul. Vinda a explicação, pus-me a indagar como tinham obtido pincel.

Voltei, esgueirando-me em ziguezagues para não despertar os companheiros, sentei-me de novo. Não desviava do muro os olhos, chamava o sono em vão, lembrava-me de trabalhos de paciência feitos por ingênuos artistas da roça: um crucifixo dentro de uma garrafa; à primeira vista achamos impossível o instrumento de suplício e Jesus na posição ruim atravessarem o gargalo. As juntas doíam-me; a barriga, no lugar da operação, devia ter qualquer coisa a rasgar-se; certificava-me da insensibilidade das coxas beliscando-as. Deitei-me, a valise servindo-me de travesseiro. Mas não dormi logo. A noite se prolongava. Venciam-me cochilos perturbados: falas de gente adormecida, passos na galeria, caras juntas à grade, o tilintar de chave em fechaduras.

capítulo 33

DE MANHÃ pessoas animosas descerraram a cortina improvisada, molharam-se no esguicho da torneira. Desviei-me cauteloso receando salpicos imundos; resignei-me a não lavar o rosto e suportar sede: impossível utilizar aquela água. Distraí-me vendo Sebastião Hora procurar a camisa, largar as esperanças, amuar percebendo em volta olhares e sorrisos maliciosos. Recebeu-a, desanuviou-se. Ao cabo de minutos conversava junto à grade com alguém invisível e divertia-se em excesso. Chamou-me de lá:

—Venha ouvir isto, uma confissão que pode servir para as suas notas.

Acerquei-me, vi no corredor um mulato claro vestido no uniforme de riscas, a zebra dos penitenciários. Tinha um dente de ouro, ar de suficiência e pimponice. Ao ver-me, declarou, a fala branda, mole, viscosa:

— Estava aqui dizendo. A princípio dediquei-me ao conto de vigário, mas deixei logo: é arriscado. Ultimamente explorava mulheres.

Nunca me viera a ideia de que um indivíduo se acanalhasse tanto, expondo aquela vaidade besta. Diversas pessoas me revelaram com franqueza vícios e crimes; não se orgulhavam disso, era como se narrassem fatos determinados por uma força qualquer, interior ou exterior. A gabolice descarada me enojava: permaneci frio, aguardando a continuação da torpeza; era só aquilo: evidentemente o malandro não iria fazer-nos a descrição das suas aventuras. Convenci-me de que ele desejava apenas iludir-nos e iludir-se. As mulheres fugiriam à triste carne do pulha, ao canino amarelo, à voz cantada e bamba. Talvez me equivocasse. Alguma velha doente, no fim de todas as quedas, apodrecera um pouco ali, antes de resvalar para a última cova, e isto ocasionara a exibição parva. Refleti, moderei-me. O caso não merecia atenção, o que o realçava era o prazer do tipo ao narrá-lo.

Desviei-me, fui encomendar cigarros a um faxina. Recebi o pacote, larguei a pequena gorjeta, virei-me para dentro da jaula. Agora, à luz do sol, o dístico azul avultava na parede.

Efetivamente era bem-feito, devia ter custado longo esforço, muita paciência. Onde estariam as criaturas mencionadas nele? De repente ouvi gritos, logo notei que se dirigiam a nós. Longe, noutro cárcere, tinham recolhido informações, pediam notícias da viagem no porão, queriam saber se precisávamos qualquer coisa. Estudamos as respostas, escolhemos um locutor e estabeleceu-se breve diálogo. Recusamos os obséquios e agradecemos. Bem. Estávamos diante de uma organização. Nada sabendo a respeito dela, fomos cautelosos nas respostas. Obrigados. Viajáramos regularmente no Manaus, e não sentíamos necessidade. O certo é que muitos se imaginavam numa tocaia, longa reserva encolhia os nordestinos suspeitosos. Não nos fiaríamos em gente desconhecida. Veio-me à lembrança a opinião de Miguel Bezerra quando apareci a bordo: vendo a roupa de casimira e o chapéu de palha, julgara-me instrumento da polícia. As esfregações ao pé da torneira haviam findado; a cortina improvisada baixara, ocultando o vaso imundo; as redes estavam dobradas e as figuras encostavam-se às paredes, sentavam-se em trouxas; zumbiam conversas. Nesse ponto chamaram-me do corredor. Aproximei-me, vi junto às vergas de ferro o tipo que me supusera habituado à prisão.

– Sair.

–Para onde? – perguntei confuso.

O homem ficou em silêncio, notei que a interrogação era idiota. Não me concediam, certo, o direito de informar-me. Esperei um instante: outros nomes, pensei, viriam juntar-se ao meu. Prolongando-se a mudez do sujeito, fui buscar a valise, despedi-me dos companheiros, voltei. A chave gemeu na fechadura, a porta se abriu, tornou a fechar-se, mergulhamos na galeria. A nossa passagem, vultos surgiam à direita, à esquerda, além das grades, falavam-me. Percebi-os vagamente e não lhes entendi as palavras. Descemos a escada, chegamos à rouparia, sentei-me num banco, exausto: o mais ligeiro exercício me consumia o resto das forças. Lá estava o rapaz amável, decente, limpo, as linhas verticais da blusa infamante quase invisíveis.

– O senhor estava muito nervoso ontem.

A afirmação e a data me surpreenderam. Ontem? Parecia--me reconhecer o moço risonho, mas achava absurdo havê-lo encontrado no dia anterior. Arrepiei-me vendo-lhe a cicatriz do pulso, a horrível tatuagem meio decomposta. Bem. Estavam ali os pedaços do esqueleto, o homem delicado que surgira na véspera, sem dúvida.

– Por que diz isso? – estranhei. – Fiz algum disparate?

— Não. O senhor fingia calma, falava, ria, pilheriava com os seus amigos. Notei a agitação porque mexeu na valise mais de vinte vezes. Não achava lugar para ela.

Admirado, felicitei o astuto observador. Nenhuma consciência daqueles movimentos houvera em mim. Julgava-me tranquilo explicando-me ao funcionário a respeito do frasco de iodo. E o guarda me supusera à vontade, em casa, afeito à cadeia. Todos se enganavam, só a criatura estigmatizada me via por dentro; o hábito de examinar minúcias, em permanência longa na prisão, certamente lhe desenvolvera a sagacidade. Vencida a surpresa, perguntava a mim mesmo do porquê me demorava tanto ali na sala, quando Lauro Lago desceu a escada, vestindo a calça por cima do pijama, o paletó no braço. Acabou de arrumar-se cá embaixo. Em seguida vieram Sebastião Hora, Macedo, capitão Mata, vários outros. Avizinhei-me de um guarda velho, que se dispunha a conduzir-nos:

— Faz favor de me dizer para onde vamos?

— Pavilhão dos Primários — informou o sujeito.

— Melhor ou pior que isto aqui?

— Melhor, melhor. Vivem lá cantando e berrando como uns doidos.

GLOSSÁRIO

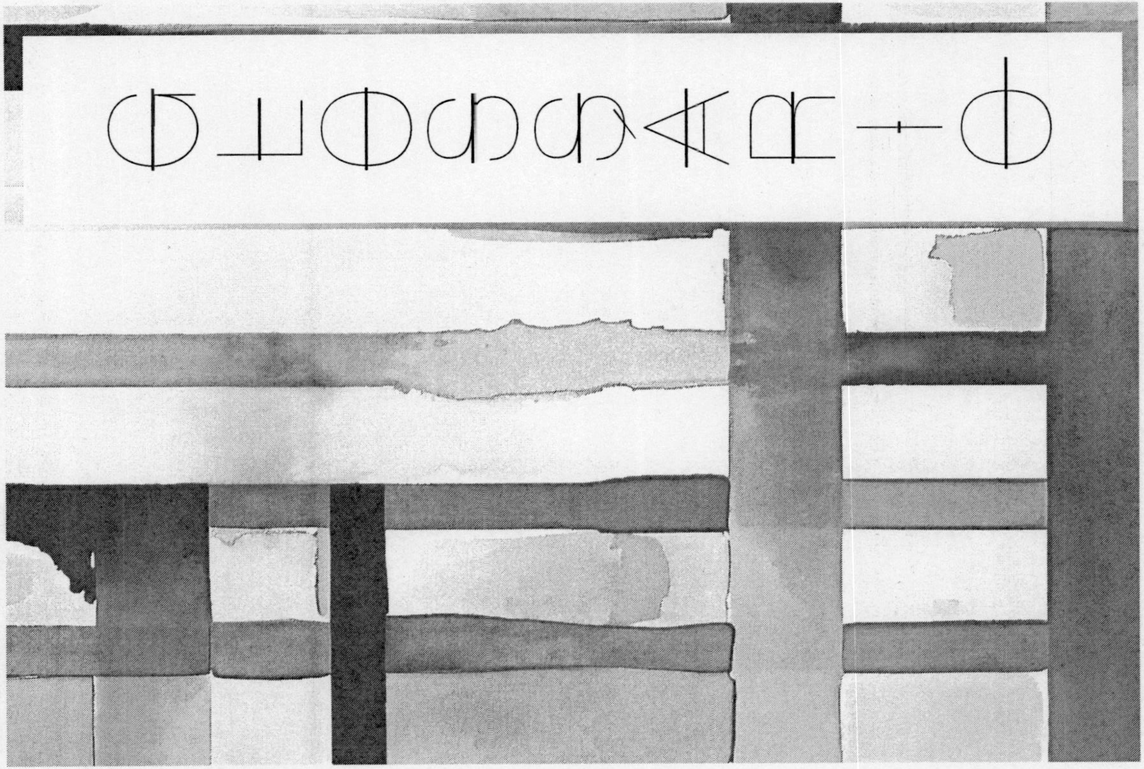

Abalançar – ter ideia aproximada; equilibrar.

Acrimonioso – severo.

Agadanhar – arrastar, afanar, segurar.

Agra – o que é agro, azedo.

Alamares – cordões trançados em fio.

Aleivosia – qualidade de quem engana; dissimulação.

Ancoreta – barril pequeno.

Antípoda – que possui características opostas, diferentes.

Arrabalde – redondeza, arredor; vilarejo.

Arreliar – aborrecer.

Arrocho – repressão; circunstância difícil.

Atamancar – executar às pressas.

Atenazar – torturar

Atrabiliário – colérico, de mau humor.

Auto de fé – cerimônia ou ritual religioso de penitência pública que os presos eram obrigados a participar antes da condenação, quando Tribunais do Santo Ofício (popularmente conhecidos como "Inquisições") liam quais seriam as punições e executavam as sentenças.

Avara – mesquinha.

Azáfama – alvoroço, afã.

Balda – recusa.

Banzeiro – atordoado, agitado, revolto.

Basbaques – tolos, idiotas.

Bazófia – excesso de vaidade; presunção; fanfarrice.

Blandicioso – lisonjeiro, afável.

Blenorrágico – o que tem ou é afetado por blenorragia; gonorreia (IST).

Borborigmo – diz-se do barulho ou rígido estomacal, provado pelo deslocamento de líquidos.

Borbotão – jato forte e volumoso de algum líquido.
Cabriola – refere-se a forma como o soldado se movia, alternando as pernas como uma cabra. Alusão ao passo de dança clássica de mesmo nome.
Cacete – enfadonho, fastidioso.
Cafua – caverna, lugar escuro e isolado.
Cafuz – mestiço.
Carapinha – cabelo crespo.
Cardo – espécies de plantas do gênero *Cynara*, que crescem, principalmente, em terrenos rochosos ou barrentos.
Caruncho – tipo de besouro que corrói objetos.
Carunchoso – bichado, corroído.
Caserna – alojamento para morada de soldados.
Casquete – tipo de chapéu.
Cipoal – emaranhado de cipós; mato difícil de atravessar.
Colendas – respeitáveis.
Dartro – termo genérico usado para designar doenças de pele.
Desenxabida – insossa.
Desprecatado – desprevenido.
Destampatório – destempero, desmedido, disparate.
Dispneia – sensação de falta de ar, oriunda de situações de estresse ou ansiedade, por exemplo.
DIP – Divisão de Investigação Policial.
Dorna – recipiente de madeira utilizado para armazenamento.
Eito – trabalho realizado sem descanso até sua finalização; limpeza ou roçado de uma plantação.
Embuçado – mascarado, disfarçado.
Empalamados – doentes, anêmicos.
Empolas – demasiadamente.

Enfarruscado - encarvoado, escurecido.
Engelhar - enrugar.
Engulho - sensação de enjoo; náusea.
Enleio - ato de atrapalhar; constrangimento.
Esbrugado - esgaçado, descascado, descarnado.
Escaramuça - luta ou conflito insignificante, de pequenas proporções.
Escroques - que se apropriam de bens alheios de forma fraudulenta; trapaceiros.
Esgalgado - esguio.
Estertorosas - ruidosas; respirar com som semelhante ao de água fervendo; modo de respirar dificultoso.
Estiolar - enfraquecer, debilitar.
Estremunhado - aturdido, desorientado.
Envilecida - humilhada, desonrada.
Excrescência - excesso; desarmonioso.
Facécias - gracejos, chacotas, "gracinhas".
Fartum - mau cheiro.
Fatiota - roupa.
Fazenda - no capítulo 2, é sinônimo de tecido, pano.
Filandras - metáfora para "insignificâncias".
Fornido - forte, robusto.
Frêmito - som frouxo, mas ruidoso.
Gabolice - quem gaba de si próprio; característico de um fanfarrão.
Gafento - leproso.
Ganzá - tipo de chocalho.
Gatimônia - confusões infantis, trejeitos.
Gora - frustrada.
Grimpar - escalar, fincar.

Hirsuto – que tem aspecto desalinhado; malcuidado.

Ignomínia – desonra; caráter daquilo de degrada.

Ilharga – lateral do abdômen, flanco,

Iro – irritado, irado.

Labéu – mancha na reputação de alguém; desonra.

Lhaneza – diz-se do que é lhano, afável, delicado.

Lingada – carga içada por guindaste.

Lôbrega – sombrio, assustador, tenebroso.

Lufa-lufa – mesmo que afã, pressa, agitação.

Luís da Silva – referência ao personagem do romance *Angústia*, do autor.

Luzidio – brilhante, lustroso, reluzente.

Magote – grande quantidade.

Malucando – divagando.

Mamulengo – fantoche típico do Nordeste brasileiro.

Marrar – esbarrar; bater de encontro.

Mocambo – habitação precária; quilombo.

Modorra – sonolência.

Mó – pedra grande e dura usada na moenda de grãos.

Monturo – aglomeração de coisas velhas, lugar de descarte de lixo.

Mossa – marca, vestígio.

Negrume – escuridão.

Obus – tipo de arma de artilharia.

Opróbrio – grande desonra pública.

Padiola – cama de hospital, maca.

Peco – diz-se de doença dos vegetais, que os faz definhar.

Pejo – pudor.

Perras – emperradas, enferrujadas.

Pusilânime – covarde, medroso, que revela fraqueza moral.

Quel pays, mon Dieu! – "Que país, meu Deus!", em tradução livre .

Quiba: saco escrotal.

Ramerrão – fastio, monotonia, rotina.

Refugo – resquício.

Relho – açoite de couro torcido.

Remoque – insinuação maliciosa.

Réprobo – diz-se daquele que foi socialmente banido; malvado.

Sabujo – bajulador

Sedição – revolta, levante, motim.

Sensaboria – insípido, enfadonho.

Sestro – no contexto da obra, mesmo que hábito; instrumento musical de percussão que produz som parecido com o de um chocalho.

Seviciado – torturado, maltratado.

Sitiofobia – aversão a alimentos.

Solecismo – erro de sintaxe, podendo ser de concordância, regência, colocação e de má estruturação.

Sovinice – avareza, mesquinharia.

Tabique – parede frágil, normalmente de madeira ou outro material, usada para separar cômodos.

Tarimba – mesmo que "vida no quartel".

Tisnada – tostada, enegrecida.

Torvelinho – movimento espiralado, redemoinho.

Túmida – inchada, saliente, protuberante.

Verdugos – carrascos, torturadores.

Verruma – instrumento em forma espiralada, feito em aço e que possui a extremidade inferior pontiaguda; broca.

Verrumar – furar, fazer furos.